KB159899

...리 조선안은물론 세계에산재하여 있는 우리동포가 있는 곳이면

...게 될때 기쁨에넘치는 뜨거운눈물이 땅을적시었을것입니다.

少年 小說

少年 旗手

어린이날全國準備委員

丁 洪 敎 著

단행본 『소년 기수』(1947) 표지

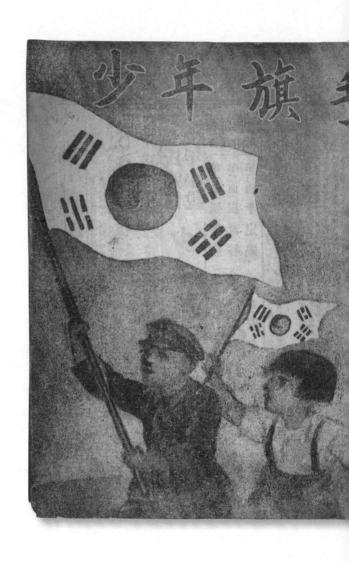
少年旗手

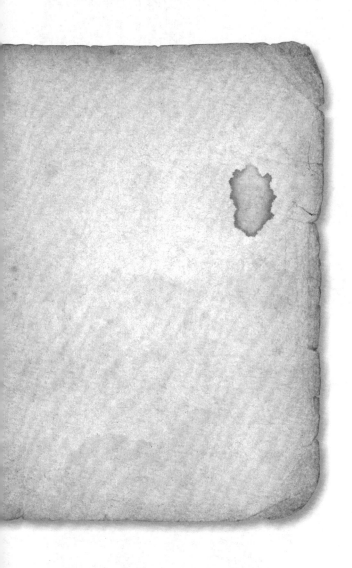

단행본 『소년기수』 속표지

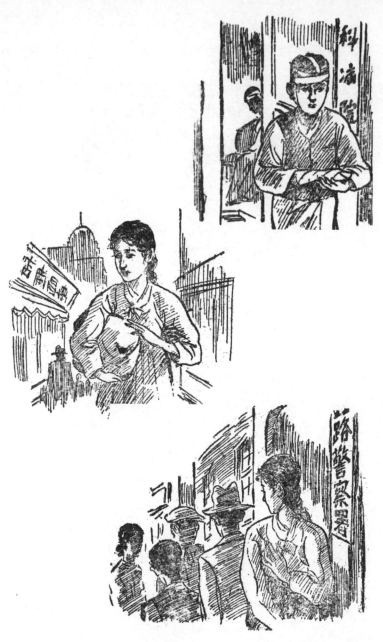

노수현 삽화

안 석 주 삽 화

「오냐 우리에게는 지금에자라나는 우리의어린동무들이 있다。

우리어린이에게 창조력(創造力)을주도록 운동을전개하고 있다」

한국근대대중문학총서 틈

〈한국근대대중문학총서 틈〉은 한국근대대중소설의 커다란 흐름, 그 틈새에서 잘 알려지지 않은 소설을 발굴합니다. 당대에 보기 힘들었던 과감한 작품들을 통해 우리의 장르 서사가 동트기 시작하는 모습을 볼 수 있습니다. 한국 문학의 새로운 지평을 서서히 밝히는 이 가능성의 세계를 즐겨 주시기 바랍니다.

한국 근대 대중 문학 총서를
발 간 하 며

한반도에서 한국어를 사용하며 살아가는 우리는 언어공동체이면서 독서공동체이기도 하다. 김유정의 「동백꽃」이나 김소월의 「진달래꽃」과 같은 한국근대문학의 명작들은 독서공동체로서 우리가 기억해야 할 자산들이다. 우리는 같은 작품을 읽으며 유사한 감성과 정서의 바탕을 형성해 왔다. 그런데 한편 생각해 보면 우리 독서공동체를 묶기가 그렇게 간단하지만은 않다. 누군가는 『만세전』이나 『현대영미시선』 같은 책을 읽기도 했겠지만 또 다른 누군가는 장터거리에서 『옥중화』나 『장한몽』처럼 표지는 울긋불긋한 그림들로 장식되어 있고 책을 펴면 속의 글자가 커다랗게 인쇄된 책을 사서 읽기도 했다. 공부깨나 한 사람들이 워즈워스를 말하고 괴테를 말했다면 많은 민중들은 이수일과 심순애의 사랑싸움에 울고 웃었다.

　한국근대문학관에서 근대대중소설총서를 기획한 것은 이처럼 우리 독서공동체가 단순하지 않았다는 점에 착안했다. 본격 소설도 아니고 그렇다고 '춘향전'이나 '심청전'류의 고소설이나 장터의 딱지본 소설도 아닌 소설들이 또 하나의 부류를 이루고 있었다. 이는 문학관의 실물 자료들이 증명한다. 한국근대문학관의 수장고에는 근대계몽기 이후부터 한국전쟁 무렵까지로 한정해 놓고 보더라도 꽤 많은 문학 자료가 보관되어 있다. 염상섭의 『만세전』이나 윤동주의 『하늘과 바람과 별과 시』처럼 한국문학을 빛낸 명작들의 출간 당시의 판본, 잡지와 신문에 연재된 소설의 스크랩본들도 많다. 그런데 그중에는 우리 문학사에서 한 번도 거론되지 않았던 소설책들도 적지 않다. 전혀 알려지지 않은 낯선 작가의 작품도 있고 유명한 작가의 작품도 있다. 대개가 그동안 잘 알려지지 않았던 작품들이다. 본격 문학으로 보기 어려운 이 소설들은 문학사에서는 제대로 다뤄지지 않았던 것들이다.

한국근대문학관에서는 이런 자료들 가운데 그래도 오늘날 독자들에게 소개할 만한 것을 가려 재출간함으로써 그동안 잊고 있었던 우리 근대문학사의 빈 공간을 채워 넣으려 한다. 근대 독서공동체의 모습이 이를 통해 조금 더 실체적으로 드러나기를 기대한다.

다만 이번에 기획한 총서는 기존의 시리즈와 다르게 작품의 내용을 이해하기 쉽게 하자는 것을 주된 편집 원칙으로 삼는다. 주석을 조금 더 친절하게 붙이고 작품의 배경이 되는 시대를 이해하는 데 도움을 주기 위해 다양한 참고 도판을 충분히 활용하는 것이 한국근대대중문학총서의 발행 의도와 방향을 잘 보여 준다. 책의 선정과 해제, 주석 작업은 전문가로 구성된 기획편집위원회가 주도한다.

어차피 근대는 시각(視覺)의 시대이기도 하다. 읽는 문학에서 읽고 보는 문학으로 전환하여 이 총서를 통해 근대 대중문화의 한 양상을 체험할 수 있도록 하자는 것이 기획의 취지이다. 일정한 볼륨을 갖출 때까지 지속적이고도 정기적으로 출간할 예정이다. 앞으로 많은 관심과 애정을 부탁드린다.

인천문화재단 한국근대문학관

한국근대대중문학총서 틈 07

정홍교 외 소설
염희경 책임편집 및 해설

소년 기수

기획 인천문화재단 한국근대문학관

홍시

- 이 책은 근대서지학회 대표 오영식 선생님이 제공해 주신『소년 기수』(동화출판사, 1947)를 저본으로 만들었다.

- 『소년 기수』는 1930년 10월 10일부터 12월 4일까지〈조선일보〉 5면에 38회에 걸쳐 연재된 연성흠, 최규선, 이정호, 정홍교, 방정 환 작가의 연작 소년소설이며 삽화는 안석영이 맡았다. 미완으로 연재가 중단된 소설을 엮어 동화출판사에서 1947년 5월 118면 의『소년 기수』(안석영·노수현 삽화, 이상범 장정)를 펴냈다.

- 본문의 표기는 독자의 편의를 위해 현행 한글맞춤법에 따랐다. 다만 작품의 분위기에 영향을 준다고 판단되는 방언이나 구어체 표현은 그대로 두었다.

- 작품의 작의나 분위기를 해치지 않는 선에서 불필요한 문장부호 와 원문의 착오를 바로잡았다.

- 설명이나 뜻풀이가 필요한 어휘의 경우 각주로 그 내용을 표기 했다.

- 본문의 이해를 돕기 위해 내용과 관련된 도판을 삽입했다.

1947년 5월 초판

저작자　　　정 홍 교

발행자　　　손 홍 명
　　　　　　（서울시 종로구 경운동 96-6）

인쇄소　　　서 울 인 쇄 소
　　　　　　（서울시 중구 충무로 4가 131）

발행소　　　동 화 출 판 사
　　　　　　（서울시 종로구 경운동 96-6）

단행본 『소년 기수』 판권지 (현담문고 제공)

十月十日부터揭載

五氏連作
少年小說
『少年旗手』

執筆作家
氏名과 順次

第一回 延星欽
第二回 崔靑谷
第三回 李定鎬
第四回 丁洪敎
第五回 方定煥

插畵 安夕影

著者의말

（前朝鮮日報에揭載하엿던「少年旗手」의廣告文입니다）

裝幀·靑田 李象範先生

단행본 『소년 기수』에 수록된 〈조선일보〉 광고문

　어린이를 위하여는 모든 정성과 힘을 다하자는 것이 뜻있는 어른의 마음입니다마는 배우는 시기에 있는 어린이에게 주는 문학에 대하여는 더욱이 힘써야 할 것이요 또 그 선택도 가장 주밀히 하여야 할 것입니다. 요컨대 어린이에게 미치는 문학의 힘이 깊고 큼을 알수록 좋은 어린이 문학이 나와야 할 것입니다. 이런 뜻으로 우리는 '연작 소년소설'을 시험하여 우리 귀여운 어린이에게 선사하려 합니다.

　연작소설이라는 것은 여러분이 학교에서 운동할 때에 릴레이 경주(繼立競走)하듯이 한 분이 쓰고 나면 그다음 분이 뒤를 받아 쓰고 하는 것입니다. 이런 소년소설을 쓰는 일은 조선에서 처음이니만치 쓰시는 분도 매우 어려우나 또 퍽 재미스러운 소설이 될 것입니다. 더욱이 여러분과 친숙하고 고명하신 다섯 선생님이 붓을 드시게 된 것을 우리는 자랑으로 합니다.

작자의 말1)

세계 인류는 싸움을 합니다. 이 싸움은 종래의 전쟁과 같이 몇 사람만을 위하여 힘과 피를 희생하는 그릇된 싸움은 아닙니다. 이 것은 그와는 전혀 정반대되는 가장 새롭고 가장 정의로운 싸움입니다. 우리의 「소년 기수」는 만 소년 대중의 앞잡이며 이 새로운 싸움의 용감한 투사입니다. 그리하여 난마와 같은 조선의 얄궂은 형편에 입각하여 나갈 바 길을 모르고 헤매는 육백여 만의 어린 대중에게 새로운 광명과 정당한 갈 길을 보여 줄 인간 최대의 보배요 자랑입니다.

오씨 연작 소년소설 『소년 기수』 집필 작가 씨명과 순차

사고

　여러분이 애독하시던 연작 소년소설『소년 기수』는 사정에 의하여 중단하지 않으면 안 되게 되었습니다. (학예부)

　— 〈조선일보〉, 1930년 12월 5일

---

1) 〈조선일보〉1930.10.9.
2) 연성흠(延星欽), 1902~1945, 호 호당(皓堂). 아동문학가, 소년운동가. 고학생을 위해 배영학원을 설립하고, 소년단체 '명진소년회' 결성, 아동문학연구단체인 '별탑회'를 조직하였다. 해방 후 아동예술단체인 '호동회'를 창립하였으며, 『세계명작동화보옥집』(1929)을 번역하였다.
3) 최규선(崔奎善), 생몰년 미상, 호 청곡(靑谷). 헤르미니아 추어 뮐렌 원작『왜』(1929)와『어린 페터』(1930)를 번역하였다.
4) 이정호(李定鎬), 1906~1939, 호 미소(微笑). 아동문학가. 천도교소년회와 개벽사의『어린이』편집인으로 활동하였으며『세계일주동화집』(1926), 에드몬도 데 아미치스 원작『사랑의 학교』(1929)를 번역하였다.
5) 정홍교(丁洪敎), 1903~1978, 호 일천(一天). 동화집『박달 방망이』(1948)를 펴냈다.
6) 방정환(方定煥), 1899~1931, 호 소파(小波). 아동문학가, 소년운동가. 개벽사의 잡지 발행 및 편집인으로 활동하였다. 『사랑의 선물』(1922)을 번역하고, 아동잡지『어린이』를 창간(1923)하였다.
7) 안석주(安碩柱), 1901~1950, 호 석영(夕影). 서양 화가, 작가, 영화인.

『소년 기수』를 내면서

내 어렸을 옛날에 우리의 국기(태극기)를 본 것이 희미하게 생각되며, 오직 왜기(倭旗)가 날리는 고궁에서 잔영(殘影)[7]만이 남은 태극기를 볼 때마다 마음만을 움키며 한숨을 지은 지 사십 년—작년 8월 15일에 우리의 조선을 한입에 삼키고 사 억이 사는 커다란 중국이며 기타 모든 나라를 담고 있는 동양 전체를 제 손에 쥐고자 하던 딸깍발이 왜적이 저도 어찌할 도리가 없이 미, 영, 소, 중에게 항복하게 되매 사십 년 동안 왜적에게 갖은 학대를 받던 그 속에서 벗어나 민주주의 국가로서 조선도 독립하게 되었다는 것이 전 세계에 전파로써 전하여지게 되었습니다.

그리하여 삼천리 조선 안은 물론 세계에 산재하여 있는 우리 동포가 있는 곳이면 태극기를 날리게 되었을 때 기쁨에 넘치는 뜨거운 눈물이 땅을 적시었을 것입니다. 저 역 중국 베이핑(北平)[8]에서 이날을 맞이하던 그 심경, 무엇이라 형용하랴— 철모를 때 맞이한 기미년 삼일운동의 독립 만세가 조선 방방곡곡에 울리던 그

7) 희미하게 남은 그림자나 모습
8) 베이징의 옛 이름

해 보통학교를 졸업하게 되었는데 왜기를 달지 않고 기념사진을 찍겠다고들 한 후 지금부터 이십여 년 전 조선 소년운동 제일선에 몸을 바쳐 투쟁하는 동안 그간 독사와 같은 왜경에게 잡혀 거듭되는 유치장 생활이며 형무소에 형(刑)을 받을 때 "오냐, 우리에게는 지금에 자라나는 우리의 어린 동무들이 있다. 우리는 우리 어린이에게 창조력을 주도록 운동을 전개하고 있다."—이와 같이 외치며 악전고투를 하고, 오늘에 태극기를 날리는 조선이라는 집 안에서 창조를 할, 또 창조성을 발휘할 세기는 닥쳐 온 것입니다. 지금까지 사나운 바람을 헤치며 앞으로 앞으로 전진하던 우리의 소년 기수는, 더욱더욱 맹진할 소년 기수의 세기는 온 것입니다.

소년소설『소년 기수』는 지금부터 십육 년 전 〈조선일보〉 지상에 연작소설로 기재하였던 것인데 집필한 선생은 연성흠, 최청곡, 이정호, 정홍교, 방정환 다섯 분이었던 바 사 회째 이 책을 발행하는 저자에게 와서 연재하여 나가던 중 일정 경무국에서 금지령을 내려 중단하게 되어 방 선생은 집필조차 못 하였습니다. 이와 같이 중단된 것을 이번에 제가 베이핑서 5월 중순에 귀국하여 그때 그 환경으로 끝을 맺어 놓았습니다.

이 서문을 쓰며 원고지 위에 눈물을 한없이 적시고 있으니 그것은 제가 조선을 떠나기 전에 조선 소년을 위하여 밤낮으로 분투하시던 방 선생이 이 세상을 떠나고 몇 해 후에 이 선생이 또한 별세하셨고, 이번 귀국하니 또한 연성흠 선생이 이 세상에 계시지 않는 것입니다. 이 세 분 선생님은 전부가 사십 미만 한창 일하실 나이에 조선 땅 위에 휘날리는 태극기도 못 보셨으니 애처로운 마음 진정키 어렵습니다.

이분들이 조선을 위하여 여러분의 힘을 북돋아 주시던, 남기고 가신 굳은 뜻과 지난날을 비롯하여 현재며 앞날에 있어서 새 조선

건설을 위하여 조선의 소년을 힘차게 지도하여 주시는 지도자 여러분의 힘에 어__러시는 바 없이 조선의 어린 동무들은 새 조선의 건국을 위하여 남에게 의지하는 마음을 없애고 모든 일을 자신의 힘으로 창조하도록 굳센 조선의 일꾼, 조선의 소년 기수가 되어 주시기를 바라는 바입니다.

끝으로 이 책을 세상에 내어놓음에 있어서 다망한 중 만사를 헤아리지 않고 삽화를 넣게 하여 주신 안석영, 노수현 선생이며 표지를 그려 주신 이상범[9] 선생과 『소년 기수』의 집필인 중 한 분인 최청곡 선생, 이 책을 발행하게 하신 손홍명 선생에게 삼가 감사를 드리는 바입니다.

단기 4279년[10] 9월 21일
어린이날 전국 준비위원회 회의실에서
정홍교

---

9) 이상범(李象範), 1897~1972, 호 청전(靑田). 한국화가. 해방 이후 국전 심사위원, 고문, 홍익대학교 교수 등을 역임하였다.
10) 1946년

어린이의 명절인 어린이날을
기념하여 이 조그마한 책을
팔백 만 우리 어린 동무들에게
조그마한 선물로 바치나이다.

손홍명11)

---

11) 손홍명(孫洪明), 생몰년 미상, 출판인. 동화출판사(1946), 문리사(1954), 세
계문화사(1977)를 창립하여 운영하였다.

전차, 자동차, 자전거들이 갈팡질팡 오르내리고 뽀얀 먼지가 눈을 뜰 수 없을 만치 바람에 휩쓸려 날리는 복잡한 서울 종로 네거리로 금방 큰 싸움(戰爭)이나 일어난 세상처럼 대포 실은 마차며 철갑 자동차[12]는 물론이요 붉은 테와 흰 테 두른 병정들까지 총대를 둘러메고 몰려 돌아다니는 품이 아주 무서웠습니다. 아무 영문 모르는 노인과 아낙네들은 휘둥그레진 눈으로 모여 서서 수군거리고 있습니다.

"아마 큰 야단이 났나 봐."

"야단이면 여간 야단이야, 시골서 병정들이 서울로 오늘 밤에 막 쳐들어온다는데."

"쳐들어오기만 하였으면 좋게! 밤중에 집집이 들어와서 집안사람들을 내몰고 병정들이 잔다는데 큰일 났어. 인제는 아마 다 죽게 되나 보이!"

이같이 숙덕거리는 중에 별안간 종로 네거리 한 귀퉁이에 몰려섰던 사람의 떼가 와— 하고 한쪽으로 몰리는 통에 늙은 여인이나 젊은 아낙네들은 당장에 큰일이나 난 것같이 어쩔 셈도 모르고 제 방귀에 놀라 이 골목 저 골목으로 몰려 달아납니다. 그러자

"사람이 죽었다."

"사람이 전차에 치여 죽었다!"

하는 소리가 악머구리[13] 소리같이 끓어 일어났습니다.

12) 전쟁할 때 병정들을 태워 옮기도록 만든 강철 자동차

"사람 죽었다!"

소리가 나자 대포 구경 병정 구경 나왔던 아낙네들은 얼굴이 파랗게 질리다시피 되어 남보다 먼저 달아나려고 앞길을 다투어 골목으로 쏟아져 들어갔습니다. 가뜩이나 번잡한 거리에 육군 대연습 때문에 흩어진 병정과 대포를 구경하느라고 군중이 길가에 하얗게 모여 섰던 판이라 사람이 전차에 치여 죽었다는 소리가 나자마자 네거리 동서남북 네 편 쪽 길에는 지나가다가 걸음을 멈추고 서 있는 사람까지 껴 어마어마한 사람으로 통을 메일 지경이 되었습니다.

"운전수를 잡아 죽여라."

"차장을 붙들어라."

이 같은 소리가 빗발치듯이 일어나기가 무섭게 말 탄 순사14)가 말굽 소리를 요란스럽게 내며 뛰어오더니 길가에 늘어선 사람을 헤치기 시작하였습니다.

과연 사람이 전차에 치이기는 치였습니다.

전차에 치인 사람은 열다섯 살밖에 되어 보이지 않는 어린 소년이었습니다. 그러나 뼈가 잘라지거나 어디가 부러지도록 몹시 치이지는 않았습니다. 종로에서 가까운 조그만 병원으로 데려다가 자리 위에 누일 때까지 소년은 정신을 잃고 있었습니다.

---

13) 잘 우는 개구리라는 뜻으로, '참개구리'를 이르는 말
14) 기마 순사

• 대한제국기 서울 보신각 앞(독립기념관)
• 동대문 안쪽 종로 전경(서울역사박물관)

그것은 몹시 다쳐서가 아니라 전차에 부딪히는 바람에 뜻밖에 놀라서 정신을 잃은 것이었습니다.

이런 일이 있은 지 삼십 분도 다 되지 못하여서 그 소년은 다리와 팔에 붕대15)를 감은 채 병원 밖을 나섰습니다.

병원 문밖을 나선 그 소년은 무슨 미진한 일이나 있는지 병원 문 앞에서 머뭇거리더니 종로통 큰길로 향하여 터덜터덜 걸어 내려가기 시작하였습니다.

옷 입은 맵시로 보거나 신발 신은 모양이며 머리에 제쳐 쓴 모자로 보아 그 소년은 서울 사는 소년이 아니요 서울 올라온 지 얼마 안 되는 시골 소년임이 틀림없었습니다.

소년은 어디로 갈 셈인지 동구 안을 지나 종묘 앞을 지나 배오개(종로 사 정목)16) 네거리에 이르러 다시 걸음을 멈추고 머뭇거렸습니다.

해는 서산으로 기울어져 넓은 길 위에 회색빛 저녁 어둠이 차차 돌 때 온종일 일에 시달린 모군17)꾼들의 터덜거리는 모양이 자주 눈에 띄었습니다. 동대문 경찰서 맞은쪽 높다란 벽돌담 사이 조그만 문으로 어여쁜 색시들, 늙은이, 젊은이 할 것 없이 독한 담배 먼지에 얼굴이 노랗게 물들여진 채 그래도 고단한 것보다는 온종일 붙들려 일

---

15) 약 바른 거죽에 감은 얇고 좁은 헝겊
16) 이현(梨峴)의 옛 이름이며, 종로 사 정목(丁目)은 종로 사가의 일본식 명칭
17) 공사판 따위에서 삯을 받고 일하는 사람

하다가 밖에 나오는 것이 몹시 기쁘던지 나지막하게 서로 속살거리면서 넓은 길거리로 흩어져 나옵니다.

소년은 네거리 전차 정류장 앞에 힘없이 서 있는 채 길바닥으로 흩어져 나오는 이 여러 사람을 두리번두리번 바라보고 있었습니다.

얼마 후에 소년은 제정신이 난 듯이 깜짝 놀라는 모양이더니 갑자기 주머니 속에서 무엇인가를 찾기 시작하였습니다.

주머니를 뒤적거리던 소년은 얼마 후에 차곡차곡 접힌 노란 봉투 한 장을 꺼내 들었습니다.

봉투를 꺼내 든 채 사방을 두리번두리번 돌아보더니 맞은쪽 파출소 앞으로 부지런히 걸어갔습니다.

소년은 파출소 앞에 나 보란 듯이 떡 버티고 서 있는 순사 앞으로 가까이 가서 모자를 벗어 들고 공손히 인사를 하였습니다. 그리고 손에 들었던 봉투를 내밀면서

"여기를 찾아가려면 어디로 가야겠습니까?"

하고 물었습니다.

순사는 고개도 까닥 안 하고 겨우 곁눈으로 봉투를 바라보더니

"이게 뭐야?"

하고 목멘 소리를 지르면서 소년의 아래위를 훑어보았습니다.

"다른 게 아니야요. 이 집을 찾아가려는데 어디로 가야

찾겠느냐는 말씀이야요."

"어린 것이 혼자 짤짤거리고 다니다가 이 밤중에 집을 어떻게 찾는단 말이야?"

순사는 소년의 묻는 말에는 대답할 생각도 없이 객쩍게 소리만 꽥꽥 질렀습니다.

"시골서 오늘 아침에 올라오는 길로 온종일 찾아 돌아다니다가 이제야 예까지 온 길이랍니다."

소년은 겁이 나는 듯 두어 발자국이나 뒷걸음질을 쳤습니다.

"어디 봐! 그게 뭐야?"

순사는 공연히 성난 사람처럼 눈을 부라리더니 소년의 손에 들어 있는 봉투를 빼앗아 들고 파출소 안에서 새어 나오는 불빛에 비춰 보았습니다.

"응, 연건동이구먼! 그곳은 관내[18]가 다르니까 몰라. 그 근처 파출소에 가서 물어봐야 알지."

하고 봉투를 다시 내주었습니다. 어찌도 순사가 딱딱해 보이고 감때사나워[19] 보이던지 소년은 봉투를 받아든 채 더 묻지도 못하고 우두머니[20] 서 있었습니다. 순사는 어름거리면서 멀거니 서 있는 소년을 바라보더니

"그래, 본고향이 어디야?"

---

18) 기관이 관할하는 구역
19) 억세고 사나움.
20) 우두커니

34

"강원도 김화랍니다. 어떤 곳에 가서 물어보라는 말씀인지 도무지 알 수가 없어요."

하고 대답 겸 얼러 물었습니다.

"그럼 그 시골에서 농사나 짓고 국으로 지내 가질 않고 여기는 무얼 하러 올라왔단 말이냐, 응?"

하고 순사는 묻는 말에 대답하기는커녕 자기 말만 할 뿐이었습니다.

그때 바로 그 소년의 등 뒤에서 순사와 소년의 수작하는 모양을 유심히 바라보고 있던 양복 입은 젊은 청년 하나가 소년의 등허리를 꾹꾹 찌르면서

"여보, 대관절 어디를 찾는데 그런단 말이오."

하고 소년의 얼굴을 바라보았습니다.

소년은 손에 움켜쥐었던 누렁 봉투를 그 젊은이에게 내어 뵈었습니다.

젊은 청년은 봉투를 자세히 들여다보더니

"아아! 연건동 조선소년회관이로구려!"

하고 몹시 놀라운 듯이 소년의 얼굴을 바라보고 또다시 아래위를 훑어보았습니다.

젊은이는 자기가 아는 것을 몹시 기뻐하는 듯이 앞장을 서면서

"자! 나만 따라오시오. 내 그 집까지 모셔다 드리리다."

소년은 갑자기 귀가 반짝 뜨여 숙였던 고개를 번쩍 들며

"그곳을 아시겠습니까? 그러면 어렵겠지마는 그곳까지

좀 데려다주십시오."

하고 얼른 그의 뒤를 따라 섰습니다.

파출소 앞에서 소년에게 찾는 집을 가르쳐 주겠다고 앞장을 선 젊은이는 바로 소년이 지금껏 찾아 돌아다니던 연건동 조선소년회 임원 중의 한 사람이었습니다.

불행 중 다행으로 자기가 찾는 바로 그 소년회의 임원을 만나 더 고생하지 않고 연건동 막바지 조선소년회관을 찾아가게 되었습니다.

소년회 임원으로 있는 네댓 사람은 다 마음이 좋아 뵈고 친절하여 뜻밖의 불행으로 머리와 팔을 붕대로 싸매게 된 어린 소년을 친절히 맞아 주었습니다. 그리고 따뜻한 국밥을 사다가 요기를 시킨 뒤에 그 이튿날 만나서 소년회에까지 찾아온 사정 이야기를 듣기로 하고 잠잘 만한 곳을 정하기에 무진 애를 썼지마는 아침저녁이면 몹시 싸늘할 때라 회관에서는 차마 재울 수가 없어서 생각다 못해 각기 주머니를 털어 몇 푼 안 되는 돈을 모아 가지고 그 근처 가까운 여관에서 하룻밤을 자도록 주선하였습니다.

다 같은 어려운 처지에 있으며 가난한 집 살림해 가듯이 낮이면 공장에 또는 회사에 또는 은행에 온종일 매달려 일하여 다달이 생기는 돈 중에서 얼마씩 떼어 내어 경비를 써 나가는 조선소년회의 신세를 지면서 거의 한 주일 동안이나 지내 가던 소년은 그 소년회 임원 중 한 사람의 주선으로 안동(安洞)[21] 철공장 직공 견습[22]으로 들어가게 되었습니다.

번잡한 종로 큰 길거리에서 전차에 치여 목숨이 없어질 것을 가까스로 면하고 놀란 가슴을 부둥켜 안은 채 피곤한 다리를 질질 끌면서 연건동 조선소년회를 찾아 들어와 신세를 지다가 소년 직공으로 안동 철공장에 몸을 던진 이 소년은 과연 어떠한 사람이었겠습니까.

이 소년은 이름이 김철마요, 그의 본고향은 강원도 김화군 근동면 산골 하소리였습니다.

위로 아버지와 어머니 두 분을 모시고 형님 한 분, 누님 한 분 모두 삼 남매가 구간은 하나마[23] 퍽 재미스럽게 살았습니다.

아버지는 그 동네에서 부자라고 배 내밀며 꺼떡이는 한 창신의 집 논 몇 마지기를 맡아서 농사지어 다섯 식구의 먹고살 것을 준비하는 한편 철마의 형 노마와 철마를 ○○보통학교에 보내 공부를 시켰습니다.

이 두 형제는 집안 형편이 어렵기는 하나마 마음씨가 바르고 터럭 끝만치라도 남을 속일 줄 모르는 참된 소년이었습니다. 그러나 철마의 집안은 해마다 억척이 되어 갔습니다.

---

21) 오늘날의 안국동(安國洞)
22) 일을 배우는 사람
23) 몹시 구차하고 가난함.

그것은 다른 까닭이 아니었습니다. 겨울만은 제쳐 놓고 반년이나 넘게 온몸의 있는 힘을 다 짜내어 고단한 때 고단한 줄 모르고 더울 때 더운 줄도 모르고 농사라고 지어 얼마 안 되는 가을 추수[24]를 한 후 주인에게 바칠 것을 빼고 나면 남는 것은커녕 온 겨울 동안 또 봄과 여름내 남에게 꾸어다 먹고 빚 얻어 쓴 것조차 갚기가 어려운 형편이었습니다.

이같이 집안 형편이 자꾸 기울어지기만 하니 철마 아버지는 화기가 떠서 자리에 몸져누워 신음하시게까지 되었습니다. 노마와 철마 형제는 학교에서 집에 돌아오기만 하면 아무쪼록 먹을 것 한 끼라도 장만할 생각에 공부 복습할 틈도 없이 나무하고 새끼 꼬기, 짚신 삼기에 밤을 새우는 날이 잦아지게 되었습니다.

그러나 기운 세찬 어른들이라도 견뎌 배기지 못할 것인데 여남은 살밖에 되지 않는 약한 소년의 몸으로 여러 날 밤을 새우고 어떻게 견뎌 배기겠습니까?

먹을 때 먹지 못하고 잠잘 때 자지 못한 탓으로 얼굴이 노래서 중병 든 사람 같았습니다.

형 노마는 생각다 생각다 못하여 학교 공부를 그만두기로 결심하고 애석한 생각에 눈물을 하염없이 흘리면서 학교에 퇴학 청원을 내어놓았습니다.

철마는 나이는 어릴망정 의리 있고 인정 많은 소년이라

24) 가을 곡식을 거두어들이는 것

그 형이 보통학교나마 졸업을 못 하고 그만두게 된 것을 생각할 때 마음에 몹시도 안타까워서 자기도 학교를 그만 두고 집안 살림을 도와 갈 생각이 불현듯 나서 몇 번이나 아버지 어머니를 졸랐건마는 거기에는 그 형 노마가 몹시도 반대하였습니다. 하는 수 없이 철마는 공부하는 여가에 그 형을 도와 가게 되었습니다.

집안 살림이 이같이 되어 갔기 때문에 하루하루의 먹을 것을 염려하느라 철마 어머니는 정신이 없으실 지경이었습니다.

남의 집 아이들과 섞여 지내는 터에 행여나 옷이 더러울세라 남에게 흉잡히지 않고 놀림가마리25)가 되지 않게 하기 위하여 철마 어머니는 몹시도 근심을 하셨습니다.

아버지 병환이 겨우 웬만하게 되시니까 다시 철마 어머니가 자리에 누우시게 되었습니다.

어머니가 병환 나시기 전에는 철마의 옷 더러워질 걱정, 남에게 흉이나 잡히지 않게 하려고 걱정을 하여 주셨지마는 어머니가 병환이 나시고 보니 그 걱정을 하여 줄 이는 그 누님 명순이뿐이었습니다. 그러나 나이 어린 몸으로 빨래, 바느질, 밥시중을 혼자 하느라고 하루 한시를 헤어나지 못하였습니다.

명순이도 그 오라비의 본을 떠서 마음씨 곱고 유순한 소녀이므로 아무리 시중이 세고 힘이 들더라도 눈살 한번

25) 놀림감

찡그리지 않고 늘 부드러운 낯빛으로 병환 나신 어머니를 극진히 구원하면서 위로 아버지와 오빠, 어린 동생의 뒤를 거두었습니다.

남과 같이 배불리는 못 먹으나마 시장한 때라도 면하기 어렵게 되어 기운을 못 펴고 집 안에 들어앉아서 고생하는 누나를 볼 때 철마는 그 누나가 몹시도 가엾었습니다.

삼 남매가 저녁때 저녁 밥상을 대하여 앉았을 때는 가끔 이런 이야기를 하였습니다.

"아무런 일이 있다 하더라도 우리 삼 남매는 한집에서 재미있게 살아 보자꾸나."

하고 형 되는 노마가 정답게 말하였습니다.

"그럼! 지금은 아버지가 계시니까 걱정이 좀 있다 하여도 덜하지만 아버지 어머니만 돌아가시면 아무것도 모르는 우리가 뿔뿔이 헤어져서 어떻게 살아가겠소. 철마야, 오빠는 어찌 되었든지 너 하나만은 공부를 잘하여야 한다. 오빠나 나를 생각하는 마음에 조력하여 주는 것이 고맙기는 하다마는 우리를 조력하는 것보다 네 공부를 잘하는 것이 오히려 오빠와 나를 생각하여 주는 것이라고 할 수 있다. 알아듣겠니, 응, 철마야!"

명순이는 동생을 생각하는 마음과 집안 형편을 생각하여 정성스레 이같이 부탁하였습니다.

철마가 사 학년에 우등 첫째로 진급하던 해 봄! 한겨울 동안 말랐던 앞뜰의 복사나무가 파릇파릇 움트던 그 봄에

근 일 년 동안이나 몸져누워 앓던 어머니가 이 세상을 떠나시고 말았습니다.

삼 남매의 애통한 모양은 눈물을 흘리지 않고는 차마 보기 어려웠습니다.

동네 아래윗집에서 추렴26)하다시피 하여 겨우 장사라고 지내 놓고 나니까 아버지는 이래저래 울화병으로 몸이 몹시 수척하여지고 근력(기운)이 없어져서 논에 나가 농사일도 하시기 어렵게 되었습니다.

철마가 학교에서 집에 돌아올 때면 아버지는 힘없이 누워 계시고 누나는 한 부잣집 빨래를 산같이 쌓아 놓고 눈코 뜰 새 없이 빨고 있었습니다. 또 언니27) 혼자 논에 나가 김매느라고 애를 쓰겠구나 하는 생각이 나니까 책을 펴 놓고 앉았어도 글씨가 머리에 들어가지 않았습니다. 정신을 가다듬어 가지고 학교에서 배운 것을 복습해 보려고 무진 애를 썼지마는 공연히 마음만 달고 정신은 언니가 일하는 논으로만 쏠렸습니다. 그래서 읽던 책을 덮어 놓고 언니가 일하는 논으로 뛰어나가 밭일을 돕는 것이 하루 이틀 아니었습니다.

철마가 공부하러 다니는 김화보통학교 일 학기 시험이 끝나려는 날 점심때였습니다.

학교 넓은 마당에는 서로 갈라서서 공 치는 학생들이며

---

26) 여럿이 각각 얼마씩의 돈을 내어 기둠.
27) 예전에는 남자 형제 사이에도 언니라고 불렀음.

뜨겁게 내리쪼이는 칠월 햇볕을 피하여 나무 그늘 밑에 둘러앉아 무슨 이야기인지 소곤소곤 재미있게 지껄이고 있는 학생들도 있었습니다.

철마는 이같이 시끄럽게 떠드는 학생들을 피하여 학교 뒷산 꼭대기 소나무 밑에 퍼더버리고[28] 앉아서 다음 시간에 닥쳐올 산술 시험 연습을 하고 있었습니다. 남들은 세상 만난 듯이 즐겁게 뛰놀건만 철마는 그 여러 애는 장난을 치거나 말거나 내 공부나 하여야겠다는 듯이 공책에 산술 문제를 풀어 놓기에 정신이 없었습니다.

바로 그때 철마의 등 뒤로 가만가만 발자취 소리 없이 살금살금 내려오는 학생 하나가 있었습니다. 그 학생은 공부하기에 정신이 없는 철마를 몰래 놀래 주려고 하는 것 같았습니다.

그러나 그 소년은 웬일인지 철마의 등덜미를 물끄러미 바라만 보고 잠깐 동안 멀거니 섰더니 갑자기

"야! 구경났다. 이리들 오너라. 얼른 이리들 오너라!"

하고 벼락같이 소리쳤습니다.

철마는 이 뜻밖에 일어나는 큰 소리에 깜짝 놀라 등 뒤를 돌아다 보았습니다.

그러니까 등 뒤에는 같은 사 학년 한 반에서 우등 첫째 둘째를 다투는 소년 한명호가 서 있지 않겠습니까? 철마는 동무가 옆에 와서 선 것까지 모르고 자기 할 일만 하고

28) 팔다리를 아무렇게나 편하게 뻗다.

있던 것이 몹시 미안한 듯이 얼굴이 빨개지면서

"난 누구라고, 명호로구나. 이리 내려와 앉으려무나."

하고 정답게 말하였습니다.

그러나 명호는 또 무슨 트집을 잡으려는지 무섭게 생긴 그 큰 눈을 희번덕거리면서

"남 우등 첫째 하려고 공부 열심히 하시는데 내가 왜 내려가니. 공연히 방해만 되게?"

하고 비꼬는 수작을 하였습니다.

한명호가 크게 부르는 소리를 듣더니 마당에서 뛰놀던 소년 삼사십 명이 우르르 몰려 산꼭대기로 뛰어 올라왔습니다.

마당에서 뛰어 올라온 학생들은 소나무 밑에 서 있는 철마와 명호를 가운데 두고 가장자리로 좍 둘러섰습니다.

명호는 신기한 것이나 발견하여 낸 듯이 철마의 등허리를 손가락으로 가리키면서

"애들아! 저것 좀 봐라, 저 등덜미 좀 봐라!"

하고 소리치자마자 여러 학생의 눈은 명호가 손가락으로 가리키는 철마의 등덜미로 모였습니다.

철마의 검정 홑두루마기 목덜미 동정 바로 그 밑에 거짓말 보태어 호박씨만 한 큰 이(虱) 한 마리가 따끈따끈한 햇볕을 쪼이러 살살 기어 나왔습니다.

여러 학생은 얼굴들을 찡그리면서 "아하하하하!" 하고 일제히 웃었습니다.

철마는 어찌 된 영문인지도 모르고 눈이 휘둥그레져서 웃고 있는 아이들을 의심스럽게 둘러보았습니다.

"아이고, 저것 봐라. 또 한 마리 나온다, 또 한 마리!"

명호가 이같이 소리치니까 또 여러 아이는 깔깔거리고 웃으면서 서로 얼굴을 마주 바라보았습니다.

"아이고, 자그마치 두 마리씩이야! 에―, 퉤퉤!"

여러 아이 중에 이같이 소리를 치면서 침을 뱉고 돌아서는 아이도 있었습니다.

그때 철마는 비로소 깨달았습니다. 어머니가 돌아가신 뒤 누나 혼자 남의 빨래하여 주느라고 봄새 입은 두루마기와 솜바지 솜저고리를 아직껏 벗지 못하고 거상 한 벌 똑똑히 못 해 입었기 때문에 이가 꾀어 두루마기 밖으로 기어 나온 것이었습니다.

철마는 얼굴이 홍당무 빛같이 새빨개지면서 고개를 푹 숙이고 두 손으로 얼굴을 가린 채 꼼짝도 못 하고 서 있었습니다.

"저 거지가 그래도 이번 시험에 또 우등 첫째를 하겠다는데……."

"이 거지가 한두 번이나 우등 첫째인지 개똥 대가린지 하였지, 이번에도?"

한명호는 몹시 멸시[29] 하는 눈치로 철마를 흘겨보면서

"이 거지가 무슨 우등 첫째람. 눈들이 멀어서 이걸 무얼

[29] 낮게 보다.

보고 반장을 시켰는지 몰라!"

하고 철마의 팔죽지를 잡아 언덕 아래로 낚아챘습니다.

철마는 바람에 날리는 가랑잎같이 언덕 아래로 굴러떨어졌습니다.

철마가 언덕 아래로 굴러 내리는 것을 바라보고 섰던 명호는 팔을 부르걷으면서

"자! 김철마란 놈을 역성들[30] 놈이 있거든 덤벼라. 자! 없느냐? 몇 놈이든지 좋다. 덤벼라, 덤벼!"

하고 호기 있게 뽐내면서 소리를 질렀습니다.

그때 언덕 아래에서 소년 세 명이 달음질을 쳐서 언덕으로 올라오다가 땅 위에 엎드러져 정신을 잃고 쓰러진 철마를 안아 일으켰습니다.

세 소년에게 부축을 받아 일어선 철마의 이마는 흙에 긁혀 미어서 코 등성이와 눈 위로 붉은 피가 주르르 흘러내렸습니다.

가까스로 정신을 차린 철마는 몹시도 분한 듯이 두 주먹을 불끈 쥐었습니다.

자기에게 잘못한 것도 없거든 자기와 아무 상관없는 이기는 것 때문에 이같이 골려 준 것을 생각할 때 그 부드럽고 순한 성미에도 분기가 용솟음쳐 일어났습니다.

한명호는 철마 아버지가 맡아서 농사짓는 임자 양반이자 부자인 한창신의 외아들이었습니다. 돈푼 있다는 집에

---

30) 누가 옳고 그른지 상관하지 않고 무조건 한쪽 편만 들다.

서 태어난지라 제 응석껏 제 심술껏 자라난 탓으로 심술은 심술대로 늘고 욕심은 욕심대로 늘어서 장난에 들어가서는 둘째가라면 싫어할 만한 위인이었습니다.

공부는 별로 잘하는 것 같아 보이지 않으나 그것도 돈푼 있는 집안에 태어난 덕인지 첫째 아니면 둘째, 둘째 아니면 첫째로 철마와 그 자리를 다투었습니다. 그래서 심술궂은 못된 마음에 철마를 공연히 미워하고 여러 동무 모인 데서는 늘 철마를 업신여기는 말을 하거나 없는 말을 지어내어 험담을 수없이 하여 내려왔습니다. 오늘도 철마의 등덜미에 이가 붙은 것을 보고 여러 아이 있는 데서 톡톡히 망신을 주려고 이 같은 짓을 한 것이었습니다. 좌우 옆에 벌려 선 아이 중에도 철마의 억울한 것을 동정하는 사람이 많이 있기는 하였습니다마는 명호의 부라리는 눈이 무서워서 아무 말도 못 하고 보고만 있었습니다.

철마를 안아 일으키던 소년 세 명은 철마와 한 반인 사학년 학생으로 하소리에 유신소년회(唯新少年會)란 소년 모듬(團體)31)을 철마와 함께 발기하여32) 이루어 놓은 만석이, 수득이, 명석이 세 사람이었습니다.

다른 소년들은 알 수 없는 명호의 기세에 눌려 억울하게도 윽박지름을 입고 넘어져 이마까지 깨진 철마를 일으켜 주지 못하였지마는 서로 형제와 같이 믿고 의지하고 지내

31) 모임
32) 앞장서서 새로운 일을 꾸며 일으키다.

는 이 세 소년은 명호와 철마가 싸운다는 소리를 듣자마자 한달음에 뛰어왔던 것입니다.

세 소년은 철마의 이마에서 붉은 피가 흘러내리는 것을 보더니 손수건을 꺼내어 번갈아 씻어 주고 머리를 싸매 주었습니다.

철마와 세 소년은 명호 앞으로 가까이 갔습니다.

명호는 아무 소리 없이 두 주먹을 부르쥔 채 네 사람을 노려보았습니다.

"명호야, 너도 사람이지! 무슨 까닭으로 아무 힘이 없는 사람을 낚아채서 저렇게 몹시 다치게 한단 말이냐. 그리고 잘못했다는 말 한마디 없이 버티고만 섰단 말이냐."

네 소년 중 만석이가 이같이 점잖게 알아듣도록 꾸짖었습니다.

"잘못은 무슨 잘못이야. 이런 아니꼬운 자식! 남의 일에 이 자식이 웬 참견이야."

명호는 한술 더 뜬다는 격으로 잘못했다는 말은커녕 만석이를 몹시 틀리게 여기어 욕지거리 섞어서 트집바탈[33]로 들어섰습니다.

만석이는 금방 주먹이 올라가는 것을 억지로 참느라고 떨리는 목소리로

"왜 욕지거리를 하니. 그냥 말로 해도 넉넉할 텐데…… 너나 나나 욕지거리하고 싸운대야 이로울 게 없으니 그리

33) 무슨 일이건 트집만 부리는 일

말고 철마한테 사과하는 게 옳지 않겠니?”

하며 아주 온순한 태도로 명호를 가만가만히 타일렀습니다.

좌우 옆에 벌려 선 세 소년은 하회[34]가 어찌 되는지 그것이 궁금하여 공연히 가슴들을 졸이면서 쥐 죽은 듯이 조용히 서서 구경들만 하고 있었습니다.

“저런 것을 그렇게 타일러서는 안 돼. 주먹 한 대를 올려야 잘못하였습니다 하는 소리가 절로 나올 것이다. 얘! 만석아, 저리 비켜라. 내가 버릇을 좀 가르칠 테니…….”

하고 철마의 팔을 껴안고 서 있던 수득이가 만석이의 앞을 가로막고 나섰습니다. 그러니까 만석이는 수득이를 옆으로 잡아끌면서

“아니야, 그렇게 급하게 할 것이 아니니 잠깐만 참아 주려무나.”

하고 수득이의 말을 가로막았습니다.

“건방진 자식들! 아주 저희만 잘난 것같이 주제넘게 그러겠다. 네깟 놈들이 내 버릇을 어떻게 가르칠 테냐, 이 주둥이만 까 놓은 자식들아!”

명식[35]이는 제 심술을 마음대로 부리지 못하는 것이 분한지 마구 욕지거리만 하였습니다.

만석이는 더 참을 수가 없었습니다. 친한 동무가 죄 없이

---

34) 어떤 일이 있은 다음에 벌어지는 일의 형태나 결과
35) '명호'의 오식

이마에 상처가 나게 된 것을 분하게 여김과 아울러 전부터 자기더러 "모주36) 자식, 모주 자식" 하고 이름 대신 불러 오던 그 분함이 일시에 터져 나왔습니다. 만석이는 홀아비가 된 아버지와 단둘이 억지로 살아가는 터인데 그 아버지는 돈이 없기 때문에 약을 쓰지 못하여 만석 어머니를 돌아가시게 한 것과 만석이 형까지 죽게 한 것이 몹시도 원통하고 서러워서 돈푼 생기는 날이면 날마다 약주가 취하여 주정을 하는 일이 많았으므로 남의 별명 잘 짓기로 유명한 심술패기 명호가 만석이더러 "모주 아들, 모주 아들" 하고 이름 대신 별명을 부르며 놀렸기 때문에 학교 안에서 '모주 아들'이라면 모를 사람이 없게까지 되었습니다.

남에게 이 같은 별명 듣는 것이 몹시도 분하여 만석이는 아버지 앞에서 눈물을 흘려 가며 약주를 과히 잡수지 않도록 정성껏 말씀을 드렸습니다.

그저 울분한 생각에 술이나 먹고 모든 설움을 잊으리라고 생각하시던 만석 아버지는 하나밖에 남지 않은 그 아들이 울면서 정성스럽게 애걸하는 것을 들으매 눈물을 흘리면서 후회하셨습니다. 그래서 요 며칠 전부터는 주정이나 큰소리 같은 것이 나지 않게 되었는데도 "모주 아들, 모주 아들" 소리를 듣게 되는 것을 생각하니 그 별명을 지어낸 명호가 몹시도 밉살스러우면서 한편으로는 양반이요 돈 있는 놈의 자식이니까 돈 없는 자기를 멸시하여 그

36) 술을 늘 대중없이 많이 마시는 사람

같은 별명을 지어 부르는 것이 틀림없다고 생각하여 내려 왔습니다.

이 여러 가지 분이 일시에 터져 나오는 것을 걷잡지 못하여 만석이는 주먹을 움켜쥐며 뻔들뻔들한 명호의 뺨을 불이 나도록 후려갈겼습니다.

"그만큼 말했으면 알아듣겠거든. 그래도 정신을 못 차리고 날뛰어……, 고약한 놈 같으니……."

"옳지, 날 때렸겠다. 어디 견디어 보아라."

명호는 이같이 중얼거리더니 얻어맞은 볼따구니를 손으로 문지르면서 발길을 들어 만석이를 향하여 걷어차려 하였습니다. 그때 만석이는 날쌔게 명호의 다리를 붙들어 언덕 아래로 끌어내렸습니다.

다리가 잡혀 끌려 내려온 명호는 제 심술을 못 이기어 씨근거리면서 일어섰습니다.

시뻘건 두 눈에는 눈물이 글썽글썽하여 가지고

"옳지, 이놈의 자식! 나를 마구 때렸겠다. 우리 아버지 한테 이르기만 하면 너희 놈들은 모두 선생님한테 죽도록 얻어터져. 망할 자식들 같으니."

하고 훌쩍거리면서 달음질을 쳐서 달아나려 할 때 만석이가 날쌔게 내달아 명호의 엉덩이를 발길로 내지르자마자 명호는 다시 땅바닥에 엎드러졌습니다.

그때 이 모양을 구경하고 섰던 삼사십 명이나 되는 아이들은 손뼉을 딱딱 치며 깔깔거리고 웃었습니다.

다시 땅바닥에서 일어선 명호는 웃음소리 나는 곳을 돌아보면서

"옳지, 갑돌이 이놈의 자식, 너 거기서 웃었겠다. 석만이 놈도 웃었지. 어디 보자, 망할 자식들!"

하고 마음대로는 할 수 없으니까 아무 소리 없이 섰던 사람까지 들추어내어 욕을 퍼부었습니다.

그날 밤 철마의 집에는 한 부잣집 하인이 둘이나 뛰어와서 누워 있는 철마 아버지를 주인 영감이 부른다며 데리러 왔습니다.

무슨 급한 일이 생겼는지는 모르나 아버지는 몸이 몹시 아파 꼼짝할 수 없어서 못 가 뵙고 그 대신 노마를 보내겠으니 데리고 가라 하여 철마의 언니 노마가 하인들에게 끌려 한 부잣집으로 갔습니다. 노마는 철마에게 낮에 지낸 일에 대하여 들은 말이 있기 때문에 가슴부터 먼저 설렜습니다.

한창신의 집 마당에 들어서니까 마루 끝에 한창신이 장죽[37]을 물고 앉았다가 금방 집어삼킬 듯한 눈초리로 노마를 쏘아보았습니다. 노마는 이상스럽지 못한 거동에 가슴이 덜렁거리는 것을 금할 수가 없었지마는 머리를 숙이고 허리를 굽혀 인사를 하였습니다.

"무슨 일이신지는 알 수 없습니다마는 오라시기에 왔습

37) 긴 담뱃대

니다."

한창신은 턱 밑에 늘어진 흰 수염을 쓰다듬어 내리면서 재떨이에 담뱃대를 탁탁 털며

"너의 아비를 오랬지, 언제 네놈을 오랬느냐."

하고 대뜸 호령을 내렸습니다.

"아버지는 병으로 누워서 일어나지 못하기로 제가 대신 왔습니다. 무슨 말씀이든지 하실 말씀이 있으시면 제게 하여 주십시오. 들어다가 전하겠습니다."

"오냐, 그럼 그것도 좋다. 대관절 너의 집에 네 동생이 있느냐."

"철마 말씀이지요. 예, 집에 있습니다."

"응…… 그놈, 괘씸한 놈이더라. 그놈이 우리 집과 무슨 원혐38)이 있기에 여러 놈과 떼를 지어 가지고 내 아들 명호를 때렸다더냐."

"예……? 철마가 누구를 때려요. 철마는 학교에서 돌아온 뒤로 지금껏 짚신을 삼고 있는데 언제 나가기나 한 줄 아십니까?"

노마는 너무도 의외의 말에 눈이 휘둥그레졌습니다.

"다 듣기 싫다. 명호는 오늘 낮에 학교에서 네 동생 놈과 다른 세 놈에게 뭇매를 맞아 앓아누웠다. 더 길게 말할 것 없이 상전에게 공손하지 않고 상전을 때리는 불상놈39)의 집안에는 내 땅을 주어 농사시키지 않겠으니 너 그

38) 못마땅하게 여겨 싫어하고 미워함.

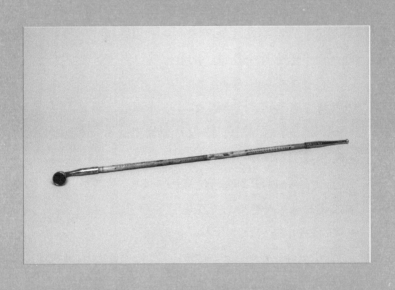

• 장죽(국립민속박물관)

리 알아라."

이 말을 들을 때 노마는 눈앞이 캄캄하였습니다. 이렇게 네 식구가 살아가는 것은 한가의 집 논을 얻어 농사짓는 덕에 남에게 꾸어도 먹고 빚도 얻어서 지내 가는 터에 갑자기 논을 떼겠다 하니 어찌 눈앞이 캄캄하지 않겠습니까? 노마는 해마다 추수 때면 가져갈 대로 다 가져가고도 여러 식구를 거저 먹여 살려 주는 것같이 배때[40] 내미는 수작을 하는 한가의 꼬락서니가 아니꼽기는 하나 앞으로도 먹고살 생각을 하니 그 앞에 엎디어 없는 죄를 사하여 달라고 애걸 안 할 수가 없었습니다.

"오늘날까지 여러 식구가 대감댁 덕택에 살아왔삽는데 갑자기 그런 놀라운 분부를 하시니 남아 있는 여러 식구는 어찌하라는 말씀입니까? 그저 하해 같으신 마음으로 한 번만 용서하여 주십시오."

"듣기 싫다. 너희 같은 상전 모르는 불쌍놈[41]과는 말도 하기 싫으니 어서 빨리 나가거라."

"그저 제발 한 번만 용서하여 주십시오."

"듣기 싫다니까 이놈이 지껄이는구나. 냉큼 못 나가겠느냐. 애! 어디로들 갔느냐!"

주인의 부르는 소리를 따라 하인이 둘이나 뛰어 들어왔

39) 아주 천한 사람
40) 배. 배때기
41) 아주 천한 사람을 낮잡아 이르는 '불상놈'을 비속하게 이르는 말

습니다.

"이놈을 밖으로 냉큼 내몰되 말을 안 듣거든 때려서라
도 내쫓아라."

걸핏하면 양반 상놈만 내세우고 돈에만 눈이 어두운 한
가의 가슴속에 인정이나 사정을 알아주는 마음이 있을 리
가 없습니다. 자기 자식이 잘못하여 맞았는지 잘하고 맞
았는지 경우도 판단하지 않고 덮어놓고 자기 자식만 잘한
줄 아는 것이 이 같은 썩어진 사람들의 항용 하는 생각입
니다.

양반에게는 잘못이 없고 잘못은 상놈에게만 있다고 들
씌우는 것이 그네들의 버릇이요 권세입니다.

하인에게 몰려 내쫓긴 노마는 하인이 대문 안으로 들어
가자마자 다시 한가 집 안으로 뛰어 들어갔습니다.

"대감마님, 제발 한 번 용서하여 주십시오."

"이놈이 양반을 놀리려는 셈인가? 괘씸한 놈 같으니……."

한창신은 앉았던 자리에서 벌떡 일어나더니 손에 들었
던 담배통으로 노마의 머리를 내리쳤습니다. 노마는 정신
이 아뜩하여 쓰러질 것 같은 것을 억지로 지탱하여 참고
얻어맞은 자리에 손을 대어 보니까 시뻘건 붉은 피가 머
리 뒤통수에서 흘러내렸습니다.

그때 노마는 분한 생각에 두 눈이 화끈하면서 눈물이
솟아올랐습니다. 죄 없이 한가의 자식한테 어린 동생이
매를 맞아 남부끄러움을 당하고 바로 한날 자신이 그 아

비 놈에게 또 머리를 담뱃대로 얻어맞아 터졌으니 아무리 성미 부드러운 노마인들 참을 수가 있겠습니까?

이와 같이 겨우겨우 먹고살 논도 떼이고 형제가 매까지 맞은 판이라 나중에는 어찌 되었든지 북받쳐 오르는 분한 생각을 참을 수 없던 노마는 마루 위로 성큼 뛰어오른 길로 늙은 한가의 상투를 잡아 마당 아래로 뒹굴렸습니다.

"젊은 놈이 네 놈의 집 땅이 아니면 못 살아가겠니. 하는 꼴들이란 울화가 나서 못 보겠더라. 너나 나나 사람으로 나기는 일반이지. 이놈의 늙은이, 또 그따위 버르장이를 할 테냐. 다시 그런 버르장이를 하였다가는 단단히 혼을 내놓을 테다."

노마는 이같이 을러메면서 발길로 늙은이의 엉덩이를 걷어차고

"아이고. 나 좀 살려 다우."

하는 늙은이의 다 죽어 가는 소리를 뒤로 두고 집으로 뛰어 돌아왔습니다.

그 이튿날 아침이었습니다. 채 먼동도 트기 전에 철마의 집 밖에서 서성서성 사람의 소리가 들리더니 대문을 박차면서

"문 열어라, 문 열어라."

소리가 벽력같이 났습니다.

대문이 열리자마자 주재소[42])의 순사 두 명이 쑥 들어서

42) 일제 강점기에 경찰지서를 가리키던 말

더니 노마를 불러내어 주재소로 잡아갔습니다.

철마는 학교에 가는 길로 사무실에 불려 들어가서 교장 선생님의 꾸중을 시간 반이나 듣고 다음부터 명호를 때린다거나 못살게 굴지 않겠노라는 다짐을 일본 글발로 써서 교장 선생님에게 내어놓았습니다.

그러나 한창신이 담뱃대로 노마를 때렸다고 하여서 붙잡혀 갔거나 하는 일은 없었고, 한명호가 철마에게 선손을 걸어[43] 욕하고 언덕 아래로 내려 밀치어 이마를 다치게 하였다고 하여서 한명호가 사무실로 끌려갔거나 꾸지람 들은 일도 없었습니다. 이런 일이 있었던 것을 더 잘 아는 유신소년회 임원 되는 학생이나 다른 아는 학생들은 한결같이 교장 선생님의 처치를 옳지 못하게는 여겼습니다마는 저희끼리 모여서 숙덕숙덕 지껄였을 뿐이지 사무실에 들어가 그 바르지 못한 처치에 대하여 묻는 학생 하나가 없었습니다. 그저 맹꽁이 제 가슴 앓듯 가슴속에만 넣어 두고 앓고 있었습니다.

주재소로 잡혀간 노마는 경찰서로 넘어가 "점잖은 양반을 일없이 때렸다" 하여 두 주일 동안 유치장[44] 속에 갇혀 있게 되었습니다.

한창신에게 얻어맞아 뒤통수가 터지고도 "점잖은 양반 때렸다" 하여 두 주일 동안이나 찬 마루방에서 고생을 하

43) 남이 하기 전에 먼저 상대에게 행동하여 나서다.
44) 잡아 온 사람을 가두어 두는 곳

고 나온 노마는 집안 식구를 살리기 위하여 어느 목상[45]에게 고용이 되어 하루 몇십 전 버는 돈으로 근근이 살림을 지탱하여 나가게 되었습니다. 노마가 일하고 집에 돌아와 저녁을 먹고 난 뒤 밤만 되면 낮 서투른 젊은 사람들이 날마다 찾아와서 건넌방으로 들어가 수군수군 무슨 이야기인지 밖에서 들리지 않을 만치 나지막하게 속살거리다가 밤 열한 시나 넘어서야 헤어져 돌아갔습니다.

어느 때는 찾아오는 그 두 사람이 무엇인지 네모반듯한 것을 보자기에 싸서 들고 들어와서 철마의 형과 함께 밤 늦도록 덜커덕거렸습니다.

철마는 그것이 무엇인지 알지 못하였고 누나에게 가끔 들으면 언니와 그 사람들이 있던 방 안에 검은 먹으로 무엇인지 시꺼멓게 칠하여 놓은 것 같은 종이[46]가 뭉쳐 있었다고 할 뿐이었습니다. 노마가 밤이면 이런 사람과 이같이 무슨 일인지 하는 동안에 또다시 집안에 큰 걱정이 생겼습니다. 그것은 다른 걱정이 아니라 철마 아버지의 병환이 나날이 더쳐[47] 가시는 것이었습니다.

가을 명절 추석날, 농가에 있어서는 제일 즐거운 이 명절날, 전 같으면 갖가지 놀이와 맛있는 음식에 헤어날 틈이

---

45) 나무를 베어 파는 장사
46) 등사판에 쓰는 먹지를 가리킨다.
47) 낫거나 나아가던 병세가 다시 더하여지다.

• 등사기(국립민속박물관)

없는 때이건마는 그때는 풍년이라 농사는 잘되었으나 곡식 값이 떨어져서 남의 집 논을 얻어 농사지은 사람들이 울가망[48]으로 지내는 판이라 하가[49]에 놀이하고 무엇 하고 할 경황이 없었습니다.

이날 밤에 철마의 아버지는 가엾이도 삼 남매를 남겨 두고 이 세상을 떠나시고 말았습니다.

아버지 어머니를 여읜 삼 남매는 외떨어진 뒤웅박같이 쓸쓸은 하나마 아무 탈 없이 지내게 되었습니다마는 학교에서는 이따금씩 사무실로 철마를 불러들여

"유신소년회니 무엇이니 하여 쓸데없이 어린것들이 덤벙대는 것은 몹쓸 짓이니 소년회를 그만 없애 버리든지 딴사람이 하도록 넘겨 버려야지 그렇지 않으면 학교 공부도 못 하게 하겠다."

하고 교장 선생님이 을러메셨습니다. 그러나 철마는 회원이 삼사십 명이나 되고 한 또래 동무들이 근 삼 년 동안이나 갖은 고초를 다 당해 가면서 이룩해 놓은 소년회와 관계를 끊고 싶은 생각이 꿈에도 없었습니다. 그러나 그대로 버티고 있다가는 학교에서 내쫓김을 받게 될는지 알 수 없는 까닭에 여간 걱정되는 것이 아니었습니다.

그 이듬해 봄 철마가 오 학년에 우등으로 진급하던 어

48) 근심스럽거나 답답하여 기분이 나지 않는 상태
49) 어느 겨를

느 달 밝은 날 밤이었습니다.

밤 열두 시가 훨씬 지나 세상모르고 쌔근쌔근 잠들어 있는 두 남매를 물끄러미 내려다보고 앉았던 노마는 소리 없이 자리에서 일어나 건넌방으로 건너갔습니다. 깜박이는 등잔불 밑에서 노마는 종이 한 장을 꺼내 놓고 무엇인지 쓰기에 정신이 없었습니다.

다 쓰고 나서 쓴 것을 몇 번이나 몇 번이나 소리 없이 읽고 나서 책상 위에 펼쳐 놓고 다시 안방으로 건너와서 남매의 잠든 얼굴을 정신없이 들여다보더니 얼굴에 결심한 빛이 나타났습니다.

방문을 소리 없이 열고 마당으로 내려선 노마는 마룻구멍 밑에서 무엇인지 조그만 보퉁이[50] 하나를 꺼내 들고 대문 밖을 나섰습니다.

노마가 보퉁이를 들고 달밤에 밖으로 나간 그 이튿날 철마의 집안은 울음판이 되었습니다.

아침에 남매가 일어나는 길로 그 형이 없는 것을 발견하였을 때 남매는 처음에는 뒷산에 가졌거니 하고 신지무의 (信之無疑)[51]하였습니다마는 여러 시간이 되도록 그 형의 모양이 눈에 띄지 않게 되니까 갑자기 의심이 더럭 났습니다.

그날 하루 종일 철마는 아래위 동네로 형님을 찾아 돌

50) 물건을 보에 싸서 꾸려 놓은 것
51) 조금도 의심하지 아니하고 믿음.

아다녔지마는 만나는 사람마다 묻는 족족 모른다고 대답하였습니다.

다 저녁때나 되어 기운이 지쳐서 집에 이르니까 누나가 무슨 종이인지 철마의 앞에다 놓으면서

"아까 너 나간 뒤에 건넌방을 치우다가 보니까 이 종이가 있더라. 그런데 오빠를 여태 못 찾았구나."

채 누나의 묻는 말에 대답할 말도 없이 그 종이쪽을 받아들고 들여다보던 철마의 얼굴은 갑작시리[52] 변하기 시작하였습니다.

명순이는 철마의 얼굴빛이 변하는 것을 보더니 따라서 얼굴빛이 변하면서 그 종이와 철마의 얼굴을 번갈아 바라보았습니다. 그것은 밤중에 노마가 일어나 건넌방 책상 위에 써 놓고 간 종이쪽이었습니다. 그 종이에 쓰인 글발은 아래와 같았습니다.

사랑하는 동생
명순이와 철마 보아라

나는 급한 일이 있어서(이 일은 너희나 나 한 사람을 위한 일이 아니라 우리 온 조선 사람을 위한 일이다) 집을 떠나지 않으면 안 되게 되었다.

언제인가 우리 삼 남매가 몇 번이나 마주 앉아서 우리 삼

52) '갑작스레'의 방언

남매는 어느 때까지든지 한집안에서 함께 살아가자고 말하던 것이 갑자기 생각난다. 나는 이 일을 결정하기에 며칠이나 밤을 새웠는지 모르겠다. 사랑하는 동생 너희가 고생할 생각을 하니 형 된 내가 어찌 주저하는 생각이 안 났겠느냐. 사랑하는 동생 명순아! 철마야! 고생이 좀 되더라도 참아라. 아주 형이라고 없는 것같이만 생각해 주려무나. 이 길로 나는 곧 서울을 거치거나 그렇지 않으면 바로 멀리 두만강을 건너가게 될는지도 모르겠다. 편지를 받아 보거든 서울을 거쳐 가는 줄 알고 편지가 없거든 바로 곧장 북쪽 나라로 간 줄 알아다오.

갈 길이 바쁜지라 더 길게 쓰지는 못하고 붓을 놓는다마는 너희가 잠든 틈에 너희의 잠들어 있는 얼굴이나 들여다보고 떠나려 한다.

어느 때든지 좋은 기회 있으면 만나게 될지도 모르겠다. 아무쪼록 둘이서 몸 성히 잘들 있거라. 내가 없으니 무엇을 가지고 먹고살겠느냐. 내가 가지고 가는 여비 중에서 얼마를 농장 밑에 넣어 두고 가니 철마야, 너는 공부나 마치도록 하여라. 그것 가지고 몇 달이나 먹고살겠느냐. 학교 졸업이나 하거든 무슨 벌이든지 하여서 네 누이를 잘 보살펴 주어라. 하고자 하는 말을 다 쓰자면 종이가 모자라고 이 밤이 다 밝겠기에 섭섭하나 그만 그친다.

○월 ○일

철마가 편지를 끝까지 읽어 들리자 두 남매는 서로 얼싸 안고 느껴 울었습니다.

형이 조선을 위하여 떠나간 줄은 편지로써 잘 알 수는 있으나 떠나기 전에 한 번만이라도 만나 보았다면 하는 생각이 들었습니다.

오빠가 이와 같이 남매 몰래 편지를 써 놓고 하소리를 떠난 뒤 봄이 지나고 또 여름이 지나고 가을이 다닥쳐 왔습니다.

구월 그믐날 대낮 남매가 쓸쓸히 마주 앉아 점심을 먹으려 할 때 체전부(遞傳夫)[53]가 편지 한 장을 들어뜨리고[54] 갔습니다.

그 편지는 반갑게도 어디로 갔는지 알 수 없던 형 노마가 돈과 함께 부쳐 온 것이었습니다.

편지 겉봉 우표의 일부인(日附印)[55]은 분명히 서울서 찍힌 것이었습니다.

　　사랑하는 동생
　　명순아, 철마야!

53) 우편집배원
54) 집어서 속에 넣다.
55) 날짜 적힌 도장

그동안 몸 성히 잘 있었더냐.

그동안 얼마나 고생들을 하였느냐.

그때 두고 온 돈은 벌써 다 없어졌을 터인데 그동안은 어떻게 지내었느냐.

이 형은 그동안 여러 가지 사정이 있어서 이곳저곳으로 돌아다니느라 아직 가고자 하는 곳에는 못 가고 있단다.

벌써 가을이로구나. 올해도 곡식이 잘되어 풍년이라 하니 농가의 형편은 미루어 알 수 있다.

돈 얼마 안 되는 것 부치니 모자라는 살림에 보태어 쓰도록 하여라. 궁금한 생각을 하면 하루에도 몇 번씩 편지를 하고 싶으나 어디 마음대로 그렇게 할 수 있느냐. 답장 못 받는 편지라 궁금하기 짝이 없으나 으레 이 편지 받아 볼 줄 알고 부치는 것이니 그리 알아라. 할 말 많으나 이만 그친다.

○월 ○일

형 노마 씀

이 편지를 받은 바로 그 이튿날 누나는 하소리에서 육십 리 밖에 있는 이모님 댁에 가 있도록 하고 철마는 곧 서울로 뛰어 올라가 형님을 만나 시골로 모시고 오려 하였지마는 형님도 찾지 못하고 길도 헤매다가 종로 네거리에서 봉변을 당하고는 여비가 떨어져서 시골로도 못 가고 하는 수 없이 전에 편지 왕래가 있던 연건동 조선소년회를 찾아가게 되었고 형님을 찾아볼 수 있는 데까지 찾아보려고 결심은 하였으나 당장 먹을 것이 걱정이므로 조선소년회 임원의 주선을 받아 안동 철공장 견습 직공으로 들어가 일을 배우게 된 것입니다.

(지금까지는 이미 세상을 떠난 연성흠 선생이 쓰셨고 다음부터 최청곡 선생이 씀.)

처음으로 철공장의 견습 직공으로 일을 하게 된 철마는 가슴이 울렁거렸습니다.

요란하게 소리쳐 움직이는 기계 소리와 철봉을 불에 녹이는 노동자들의 기침하는 소리와 등56)을 치며 목이 말라 애태우는 그것은 지금껏 본 일이 없었을 뿐 아니라 어린아이들이 이글이글한 화롯가에 앉아서 괴로운 얼굴빛으로 땀을 몹시 흘리며 불꽃을 가위로 자르고 있는 것이 예수교 전도 부인이 말하며 돌아다니던 지옥인 것같이 생각이 된 것입니다.

그러나 철마는 그 일이라도 아니 할 수가 없어서 일하기를 마음에 약속하고 감독이 말하는 대로 일을 하게 되었습니다.

어린 철마는 자기가 처음으로 들어왔다고 아주 쉬운 일을 맡을 줄 알았습니다. 그렇지만 그만한 사정을 돌보아 줄 공장이 어디 있겠습니까? 될 수만 있으면 부려 먹으려고 악착하게도 굴었습니다. 철마는 살 태울 만하게 뜨거운 화로 옆에 앉아서 불꽃을 가위로 자르는 일을 하게 되었습니다.

"아이고, 무서워!"

하면서 철마는 울고 싶었습니다.

그때 옆에 앉아 있던 같은 소년공 길남이가 다정하게

"애야! 너같이 어린 몸으로 이렇게나 무서운 일을 하겠

___
56) 문맥상 '허리'를 나타내는 것으로 추정됨.

니?"

하면서 얼굴빛을 이상히 하며 철마의 가늘고 연한 손을 잡았습니다.

"글쎄 말이다. 나에게 이렇게 무서운 일을 하라고 할 줄은 몰랐다!"

하면서 눈에 눈물을 머금었습니다.

"철마야, 울지 말아라. 울어도 소용이 없다. 울면 감독이 와서 일을 안 하고 운다고 야단한다! 그뿐만도 아니다. 저기 서 있는 노인을 보아라. 쇠몽치[57]를 불에 녹이고 계신 분을…… 옷 저고리까지 벗고도 땀을 흘리지만 물 한 모금도 못 마시고서 일하는 데만 골몰하시지 않니? 간혹 허리가 아파서 조금이라도 쉬시게 되면 감독이 와서 악을 쓴단다. 너도 보았겠지만도 아직 어린 녀석이 노인을 마구 야단하는 것을 볼 때 참으로 그 감독이 미워서 죽겠단다!"

"그렇게 심하게 하니?"

하면서 철마는 더욱이나 무서운 생각이 들어 다시 묻기를 시작하였습니다.

"애야, 그렇게 감독이 노인을 욕하며 야단칠 때 그 노인은 무어라고 말씀을 하시니?"

"무어, 고개만을 숙이시고 잘못하였다고만 하시지 다른 말씀은 못 하신다."

57) 쇠로 만든 짤막하고 단단한 몽둥이

하면서 철마더러 일을 하자고 하였습니다.

"아니다, 그럼 젊은 노동자들은 어찌하고 있니?"

"모른 체한단다."

이때 철마는 어린 마음에도 분한 생각이 났습니다. 자기의 아버지가 소작하실 때 지주에게 욕을 보시던 생각을 하면서 자리에서 일어났습니다.

"얘야, 나는 못 참겠다. 우리 시골서도 농사짓는 분들이 여름에 찌는 듯한 햇볕을 받아 가며 일하실 때 쉬지를 못하시는데 이곳에 와서 보아도 일하는 사람은 어째서 허리 아플 때 쉬지를 못하며, 목이 마를 때 물을 마시는 것은 당연한 일인데 지주와 공장 감독들이 악착하게 괴롭게 하는 것은 무슨 까닭이냐?"

"내가 그런 걸 알 수 있니?"

"앗! 얘야, 저 노인을 보아라. 목이 말라 저렇게도 애를 쓰면서 물을 안 잡수시는 것은 참으로 딱하지 않으냐?"

하면서 노인이 일하시는 곳을 가리켰습니다.

"철마야, 아서라, 감독이 보면 야단한다. 그렇게 가엾은 일은 어느 날이든지 있으니."

"나는 감독이 뺨을 때려도 좋다. 저렇게 가엾은 노인을 바라보고만 있을 수 없다."

하면서 밖으로 뛰어나가 물병을 가지고 와서 노인에게 물 잡숫기를 권하였습니다.

"아! 고맙다. 그러나 나에게는 물 마실 시간이 없다."

하고 하실 때

"이 녀석!"

하는 소리가 공장 안에 울렸습니다.

"찰싹!"

철마가 목이 말라 애걸하시는 노인을 위하여 물을 드리는 것이 무엇이 고약하였던지 감독은 철마의 뺨을 때렸습니다.

그러나 철마는 자기가 감독에게 뺨 맞은 것을 오히려 즐기며 물병을 든 채로 감독을 쳐다보았습니다. 또한 온 공장의 노동자들도 처음 들어온 철마가 노인에게 물을 드리다가 감독에게 뺨을 맞았다고 수군거렸습니다.

"아! 철마의 한 짓은 귀여우나 뺨 맞은 것은 참으로 억울하다!"

고 하면서 모두가 철마를 힘없이 바라보며 하던 일들도 그쳤습니다.

감독에게 뺨을 얻어맞은 철마가 물병을 든 채로 감독의 얼굴을 쳐다보고 있을 때 감독은 얼굴빛을 새빨갛게 붉히면서

"누가 너더러 그런 일을 하라고 하디? 네가 맡은 일은 저 화로 옆에서 불꽃 자르는 일인 것은 네가 처음에 들어올 때 들었으므로 잘 알 것이 아니냐. 시골 녀석이라고 하기에 고분고분하게 일이나 잘할 줄 알았더니 얼토당토않은 짓을 왜 해? 저 늙은이가 너더러 물을 좀 갖다 달라고

하디?”

　하면서 철마를 내려다보았습니다.

　모든 직공도 철마를 바라보며 무슨 말이나 할까 하면서 궁금해하였고, 늙은 노동자도 철마의 모습만 유심히 바라볼 뿐이었을 때 철마는 들었던 물병을 땅에다 놓으면서

　“아닙니다. 그 노인께서는 아무 말씀도 안 하셨습니다. 기침을 쿨럭쿨럭하며 또는 간혹 허리를 만지며 일을 하시면서도 한 모금의 시원한 물을 안 마시는 것이 몹시 딱하여 같이 일하는 동무 길남이에게 저 노인 딱하다 한즉 길남의 말이 그런 일은 언제든지 있다고 하면서 나의 말에 너무도 박정한 대답을 하기에 나는 길남이에게 그 뜻을 물은즉 자세히 모른다고만 하면서 그저 일할 때 딴짓을 하면 감독이 와서 야단을 친다고 하였습니다. 그러나 야단도 분수가 있지, 목이 타서 애태우는 노인에게 물을 드리는 것이 무엇에 어그러질까 하는 마음으로 노인에게 물을 드리게 된 것입니다.”

　하면서 고개를 푹 숙였습니다.

　“무엇이 어째? 너는 처음 들어온 녀석으로 하루바삐 일이나 배울 생각을 할 게 아니라 남의 일까지 돌보는 것은 나쁜 일이야. 이번은 처음이라 용서를 할 터이니 다음부터는 일에만 정신을 써야 해!”

　철마는 울고 싶었습니다. 자기가 돌아오기를 시골서 기다리는 누님이 이 모양을 보았으면 얼마나 마음이 아파서

울 것을! 그러나 주머니에 단돈 한 푼 없어 큰 대답도 못하고 다시 화로 옆으로 갔을 때 길남이는

"철마야, 맞은 뺨이 얼마나 아프냐. 왜, 내가 그리하면 감독에게 야단을 맞는다고 했지. 지금 너를 귀엽다고 할 노동자가 누가 있을 것이냐. 네가 감독 앞에서 욕을 먹을 때 미친 녀석이라고까지 한 분이 있었다."

하면서 철마의 맞은 뺨을 만져 주면서 자기도 눈물을 머금었습니다.

"애야, 길남아, 나는 내일부터 못 오겠다. 어디 있을 수 있니?"

하면서 철마는 화로의 불만 정신없이 바라보았습니다.

"그러냐, 그렇다고 네가 딴 공장으로 가도 이런 고생은 해야 된다."

그 말을 듣고 난 철마는 입술을 깨물면서 다시 떨리는 목소리로

"에그, 나는 그래도 이곳은 싫다. 어쩐 일인지 마음에 무서워 못 있겠다. 나를 이곳에까지 들어오게 애써 주신 소년회 선생님에게는 미안하지만도 나의 약한 몸과 엷은 마음으로는 어렵다!"

"철마야, 참아라. 나도 처음에는 울기도 했고 집에 가서 철공장은 못 갈 곳이라고 몸부림까지도 친 일이 있었지만도 지금은 그때보다 좀 낫다!"

하면서 길남이는 철마를 위로하며 그대로 있자고 하였

습니다.

"그럼 어려운 일이 있으면 좀 도와주겠니?"

하면서 철마는 눈물을 씻으며 물었습니다.

그때에 길남이는 눈을 크게 뜨면서 두 손을 번쩍 들었습니다.

"철마야, 그런 말은 하질 않아도 나는 벌써부터 네가 처음 들어온 만치 도와주겠다고 생각하였단다!"

하면서 철마의 흐르는 눈물을 자기의 수건으로 씻어 주며 화롯가에 서로 마주 앉아 손에 가위를 가지고 일을 하게 되었습니다.

그때 저 편짝 노인도 쉬질 못하며 일을 하시면서도 철마와 길남이가 서로 마주 앉아 재미있는 이야기를 아주 작은 목소리로 속살거리며 일하는 것을 곁눈질로 보기를 마지않으셨습니다.

"철마야, 그런데 너는 왜 이런 공장에를 왔니? 너의 부모님께서 무엇을 하시기에⋯⋯?"

이때 철마는 깜짝 놀랐습니다.

자기네 삼 남매를 위하여 모진 고생을 달게 받으시며 소작인 노릇으로 최후를 마치신 부모님을 생각하면서 길남이를 시름없이 쳐다보며 아무 대답도 못 하고 잠자코 앉아 있었을 뿐입니다. 다만

"그런 말을 왜 묻니?"

할 따름이었습니다.

"철마야, 내가 물은 것이 왜 잘못이냐?"

하고 길남이는 이상히 물었습니다.

"아니다, 묻는 것이 왜 나쁘겠냐마는 나는 대답할 수가 없단다."

"왜 대답할 수가 없니?"

"나는 대답할 기운이 없어!"

하면서 철마는 서운한 얼굴 낯으로 그저 잠자코만 있었습니다.

— 땡— 땡— 땡—

공장 시간이 다 되었다고 신호하는 종이 울렸습니다.

"철마야, 시간이 다 되었다. 손을 씻고 가자!"

하면서 길남이는 철마를 데리고 얼굴과 손을 씻으러 나갔습니다. 또한 온 노동자도 나갔습니다. 온종일 요란하던 공장 안은 조용하여졌으며 단지 감독이 남아 공장 안을 보살필 뿐이었습니다.

얼굴과 손을 씻은 노동자들은 다 각기 벤또[58]를 옆에다 끼고 자기 집으로 돌아갔습니다.

처음으로 하루 종일 요란한 공장 안에서 고달피 일을 마치고 공장 문을 나서며 머리가 얼떨떨하였으며 또한 허리를 치며 눈이 부셔서 쩔쩔매는 사람, 기침하며 머리를 만지는 사람, 별별 노동자의 모습을 자기 집으로 갈 줄도 모르고 공장 문에 서서 물끄러미 바라보고만 있던 철마는

[58] 도시락의 일본 말

자기가 하루 동안 공장 안에서 지낸 일을 생각하면서 걸음을 옮겨 놓았습니다.

그때 씨근거리며 뛰어오는 아이가 있었으니 그는 다른 아이가 아니라 어린 철마를 위하여 일을 도와주겠다고 하던 길남이었습니다. 그는 허덕거리며

"철마야, 나는 네가 먼저 간 줄 알고 저기만큼 달음질을 하여 갔으나 없어서 다시 공장으로 오는 길이다. 그런데 철마야, 아까 네가 노인에게 물을 드리다가 뺨을 얻어맞았지?"

"그래!"

"그 노인께서 너를 좀 만나 보자고 하신다. 아까 네가 뺨 맞은 것을 몹시 가엾게 생각하시면서!"

"어디 계시냐?"

"저 다리 어귀에 앉아 계신 분이다."

하면서 길남이는 그 노인이 앉아 계시는 곳을 가리켰습니다.

"그래, 그럼 얼른 가자!"

하면서 철마는 길남이의 손을 붙잡고 달음질을 쳐서 노인이 앉아 계신 곳으로 갔습니다.

길남이는 철마를 가리켜 노인에게

"얘가 철마입니다!"

노인은

"응! 네가 철마냐?"

하며 벌떡 일어나 철마의 머리를 어루만지시면서

"너는 아까 나 때문에 요 어린 뺨에 그 감독이 손을 댔으니 얼마나 아팠겠니?"

하며 철마의 뺨 맞은 곳을 문대어 주셨습니다.

"할아버지, 아프지 않습니다. 그저 그 감독이 너무도 박정하다고 속으로 원망은 하였어요."

"그렇겠다. 그 공장에서는 점심시간을 제한 다음엔 옆도 못 본단다. 자기가 하는 일을 게을리한다고. 그 감독은 어린아이, 젊은이, 늙은이 할 것 없이 욕을 하며 야단을 한다. 그뿐만 아니다. 만일 그 감독에게 말대답을 하면 뺨도 치고 발길로 차기도 하며 심하면 그 공장에서 내쫓기도 하니 내일부터 될 수 있는 데까지 조심을 하여 다오!"

하며 할아버지는 길남이더러도 가끔가끔 모르는 것이 있거든 알도록 일러 주라고 하셨습니다.

"무얼요, 오늘은 제가 처음 들어간 몸이라 혼을 한번 내주면 일을 잘하고 또 감독의 말이면 무엇이든지 잘 들을 것이니깐 저의 기운이 아주 죽도록 한 게지요."

"아니다, 그럼 너는 내일 또 혼난다!"

하면서 길남이가 노인이 하실 말씀을 얼른 하였을 때 철마는 노하였습니다.

"아! 귀여운 철마야, 공장은 어디든지 그런 학대가 있으니 그쯤만 알아라, 응?"

"할아버지, 저는 감독이 무리하게 주는 학대는 못 받겠습니다. 아까만 해도 할아버지가 목이 타시는 것 같아서 물을 드리려고 한 것이 왜 나빠서 그가 저를 때립니까?"

그때 노인은 무엇이라고 말을 하여야 좋을지 모르는 표정으로 잠자코 계셨습니다.

"아니에요, 제가 시골 있을 때도 저의 형님이 추수할 때 지주하고 말다툼을 하다가 지주가 농사한 걸 다 주어도 빚이 남으니 그것은 어찌할 터이냐고 할 때 형님은 그를 때렸습니다."

하면서 자기도 왜 젊은 노동자들이 감독이라면 말 한마디 못 하고 잠자코만 있는 원인을 묻기 마지않았습니다.

"할아버지, 시골서 농사짓는 것보다 직공이 좋지요?"

"좋을 게 있니."

"저, 할아버지, 시골서 농사를 지으면 어느 해든지 가을이면 얻는 것은 빚뿐이고 남는 게 없어서 저의 아버지께서도 해마다 지주에게 욕보신 것이 병이 되어 그만 돌아가셨으며 형님도 지주가 지어 놓은 곡식을 다 가져가고도 빚이 있으니 언제 내겠느냐 하여서 농사를 지어도 오히려 빚이 생기고 지주가 너무 박정하여서 화병으로 돌아가신 아버지 생각에 그 지주를 때리고 그나마 일을 못 하게 되어 다른 일을 하다 그 역[59] 잘되질 않아서 애통에 넘치는 편지 한 장을 남기고 서울이나 다른 곳으로 간다고 집을 나가셨습니다. 그러니 철공장 같은 데에서 일을 하면 고

59) 역시

생은 될는지 몰라도 그렇게 빚은 안 지지 않아요?"

하면서 철마는 소작 생활만치 망하는 생활이 없는 줄로 생각하며 노인에게 물었습니다.

"아니다, 그것은 네가 아직 모르기 때문이다. 철공장의 직공이나 시골서 소작하는 것이나 별로 다를 게 없단다!"

이때 철마는 두 눈을 크게 뜨면서 이상히 생각하며

"그럼 지주나 철공장의 주인이나 같습니까?"

"같다고 하는 게 옳다. 사람을 달리하여 다르기도 하겠지만 소작인이나 철공의 직공이 똑같은 처지에 있다고 생각하면 좋단다!"

"그럼 할아버지, 어떻게 하면 소작인이나 우리 같은 직공들이 잘됩니까?"

"글쎄?"

"할아버지도 모르세요?"

이만큼 말을 하신 노인께서는 피곤하신 얼굴빛으로

"나는 피곤하다. 잠자리에 눕고 싶으니 네가 묻는 말은 내일에 답하여 줄 터이니 오늘은 고만 돌아가자! 응."

"철마야, 고만 가자. 저 노인께서도 몸이 괴로우시다 하고 너도 집에 가서 누워 보아라. 너, 저녁밥보다도 잠이 먼저 온다!"

고 길남이는 철마의 등을 만지며 가자고 하였습니다.

"그래, 가자!"

"철마야, 하도 네가 영리하여서 나의 마음은 즐겁다. 그러나 나이가 어린 만치 모든 말에 주의를 하여 다오!"

"예—, 고맙습니다. 그러나 한번 맘만 먹고 될 수 있다는 것이면 무슨 일이든지 합니다. 정의만을 사랑하는 우리—조선소년회 약속대로요."

"얘, 철마야, 너 어느 소년회원이냐? 얘, 소년회에 다니면 철공장의 감독이 야단을 친단다."

"나는 시골 소년회원이다. 지금 서울에 와서 있으나 한번 맘먹은 것은 소년회에 아니 가도 사라지지 않으며 공장 감독이 싫어해도 할 수 없다."

"철마야, 그럼 공장에 가거든 소년회원인 체 마라."

"길남아, 누가 그런 말을 자랑삼아 광고할 줄 알았니?"

"글쎄 말이다."

어두운 밤에 노인 뒤를 따라가며 지껄대는 철마와 길남이는 어디만큼 오다가 길거리에서 어린아이를 등에 업은 채 쓰러져 있는 거지 하나를 만났습니다.

"길남아, 저이가 퍽도 불쌍하지?"

"그래."

그러면서 철마는 주머니를 만져 보았습니다마는 돈이 있을 리가 없었습니다. 자기가 서울에 올라온 이후 모든 것을 남에게 의지하고 있는 형편이 되어서요.

"길남아, 나는 돈이 없구나. 너, 돈이 있거든 저이에게 주자."

이때 앞서가던 노인이 이 말을 들으셨습니다. 노인께서

는 걸음을 멈추며 물끄러미 보더니 얼른 돈 몇 푼을 철마에게 주시며

"철마야, 옜다, 나도 돈이 없구나. 그러니 이 돈이라도 주어라."

하시며 돈 몇 푼을 철마에게 주셨습니다.

철마는 노인이 주신 돈을 받아 든 채로 서 있었습니다.

"왜 서서 있니? 어서 던져라, 응?"

하면서 길남이는 철마의 허리를 쿡쿡 찔렀습니다.

"아니다, 왜 던지니. 돈 있는 집 여편네들이 돈을 던져 주는 것이 그렇게도 좋더냐? 거지에게 돈을 줄 때는 더욱 다정하게 주어야 한다!"

하고 철마는 그 거지의 손에 돈을 쥐어 주고 다시 걸음을 옮겨 놓았습니다.

길거리에서 노인과 길남이와 작별하고 여관으로 돌아온 철마는 자기가 공장에서 감독에게 뺨 맞은 것과 자기 아버지가 가을마다 지주에게 욕보신 것을 서로 생각하며 형을 어느 날에나 만날 것인가 하고 슬피 생각하면서 누님에게 보내는 편지를 쓰게 되었습니다.

길거리에서 노인과 길남이를 작별할 때 철마는 여관에 가는 길로 시골서 자기를 궁금히 여기는 누님에게 보내는 편지를 쓰겠다고 하였으나 워낙 몸이 피곤하여 밥상을 받은 채로 잠이 들게 되었습니다.

저녁밥도 먹질 못하고 곤하게 잠을 자고 난 철마는 두

눈이 통통히 붓게 되었습니다.

공장 시간이 한참 지나 철마가 어슬렁거리며 공장에 왔을 때 벌써 요란한 기계는 움직이고 있었으며 모든 노동자는 벌써부터 허리를 치며 목이 타서 있는 것같이 생각되어 선뜻 노인이 계신 곳을 바라보니 여전하게도 그 노인은 목이 타는 표정을 하고 계셨습니다.

그때 옆에서 철마의 허리를 쿡 찌르는 사람이 있었습니다. 얼른 옆을 바라본 철마는 두 눈을 크게 떴습니다.

"요 녀석, 왜 인제 와?"

철마는 가슴이 두근거렸습니다.

자기는 시간이 아직도 남은 줄 알고 왔으나 벌써 시간은 지났고 더구나 심술궂은 감독이 악을 쓰고 있는 것을 본 철마는 잠자코 서 있다가 통통하게 부은 눈을 가늘게 뜨면서

"퍽 곤하게 잠을 잤습니다!"

할 따름이었습니다.

"어서 가 일해!"

"예!"

하며 또 얻어맞을 줄 알았는데 때리지 않는 것을 다행히 생각하며 자기가 일할 곳으로 갔습니다.

"길남아, 잘 잤니?"

"철마야, 왜 눈이 통통히 부었니?"

"잔말 말고 일해."

극성스러운 감독은 남의 인사하는 것까지 심하게 하였습니다.

"길남아, 나는 저 감독이 퍽 밉다."

"밉더라도 하는 수 있니. 우리가 일을 할 때까지는 참아야지."

"아니야, 내 언제든지 골려 줄 터이니 보아라. 아주 깍쟁이야!"

피대60) 소리와 함께 돌고 있는 기계 소리는 우렁차며 그 요란한 소리에 섞여 들리는 기침 소리는 참으로 듣기에 끔찍끔찍하였습니다. 그 위에 조그마한 아이들이 쇠를 녹여 실은 차를 밀고 가며 이글이글한 화로 옆에 앉아 불꽃을 자르는 것은 틀림없는 지옥으로 아니 생각할 수가 없었습니다.

형님을 찾아 서울에까지 와 악착한 학대를 받는 철마는 날이 갈수록 분함이 늘었습니다.

그 지옥의 한 달 삯전61)이 삼 원!

'삼 원! 한 달 삯전!'

'오냐, 나는 노인께 들은 말씀이 있다!'

하면서 철마는 자기 옆에 있는 쇠몽치를 들었습니다. 마치 누구를 때릴 것같이!

"앗!"

60) 벨트
61) 삯으로 받는 돈. 삯돈

• 일제 강점기 일 원 지폐 앞면(국립민속박물관)
• 일 원 지폐 뒷면(국립민속박물관)

"철마야, 왜 그러니?"

하며 길남이는 겁을 내며 철마를 바라보았습니다.

"길남아, 저편을 보아라. 저 껑뚱한 이가 누구냐?"

"그것 외상값 받으러 온 사람이다. 공장 시간만 파하면 돈을 받으려고 와 있단다. 좀 있으면 퍽 많이 온다!"

어느덧 공장은 파하였습니다. 다른 날이면 허둥지둥하던 노동자들은 주춤거립니다. 또한 시간이 파하였는데 왜들 안 가느냐고 감독은 말을 합니다.

상을 찌푸리는 사람, 긴 한숨을 쉬는 사람, 드디어 문밖을 나서니 우르르!

"쌀값, 나뭇값, 기름값, 집세를 내시오."

"예, 드리지요. 그러나 어린것이 월사금을 못 내서 학교를 못 가니 쌀값 중에서 일 원만 내월[62]로 미뤄 주시오. 여러 번째 말씀을 하게 됩니다마는 늙으신 부모님이 아직도 위중하시니 미안합니다마는 내월까지 참아 주시오."

하는 소리가 이곳저곳에서 들릴 때

"여보, 아니 되오. 학교의 월사금은 나는 몰라요. 내월이 다 무엇이오. 그래, 부모 약값만 중하고 집세는 중하지 않소."

하며 너희들에게 그런 사정이 있다 해도 그렇게 참을 수 없으니 어서 돈을 내라는 꼴입니다.

이 모양을 유심히도 낱낱이 바라보고 있던 철마는 그때

62) 다음 달

야 비로소 공장 노동자의 쓰라린 생활을 알게 되었습니다. 전에 노인이 말씀해 주신 거와 같이 사실로 농촌의 소작 생활과 서울의 공장 노동자 생활이 참으로 같다는 것을 알게 되었습니다.

'무엇이 소작인과 노동자를 구하여 줄 것인가?'

하며 철마는 자기가 한 달 삯전으로 한 달 밥값에 반도 못 되는 삼 원을 받은 것이 옳은 일인가 하면서 빚쟁이들에게 욕을 보는 노동자의 뒷모양만 바라보고 있었습니다.

'형님을 찾아 서울까지 와서 오직 얻은 것은 노동자의 생활이 소작 농민의 생활과 같다는 것을 알았을 뿐이다!'

하면서 빚쟁이에게 졸리는 노동자의 뒷모양만 보고 있다가 여관으로 돌아갔습니다.

"옳지, 오늘이 공장 월급날이로군?"

하면서 여관 주인아주머니는 앞치마에 손을 씻으며 철마의 방 문전에 다다랐습니다.

"어린 손님, 그래, 월급을 얼마나 탔소?"

하면서 주인아주머니는 철마의 얼굴을 쳐다보았습니다.

"예, 월급 말입니까?"

"그래요."

"월급은 탔습니다마는."

하면서 어린 철마는 아까 어느 분이 외상값을 좀 미루겠다 할 때 욕을 보던 생각을 하며 자기도 당하게 되니 진실로 괴로웠습니다.

"아마도 제가 먹은 밥값을 다 못 드리게 된 것 같습니다요."

"무엇요, 그 밥값을 못 내요?"

하면서

"그래, 그분(소년회의 지도자)이 가엾은 사람이니 동정하여 주는 셈으로 아주 밥값을 헐하게 하여 달라고 하기에 싫다고 몇 번이나 말을 한즉 그래도 그렇게 하여 주어야겠다고 하여서 나도 보기에 딱한지라 그럼 쌀값만 받는셈 치고 한 달 오 원으로 작정 안 하였소. 그것도 못 내겠다니 그게 말이요 무엇이오?"

고맙기는 고마운 일이었습니다. 몇 사람의 학생을 쳐서 살아가는 처지에다가 쌀값만 받고 철마에게 밥을 먹여 준 것은 한없이 너그러운 일이나 철마가 돈이 있고서 안 내는 것은 결코 아니었습니다. 공장에 간 지 한 달—지옥 같은 공장의 한 달 노동 삯전이 한 달 밥값은 고사하고 쌀값도 못 됩니다.

"주인아주머니, 말씀 여쭐 낯이 없습니다. 무엇이라고 말씀을 하셔도 저는 대답할 수가 없습니다. 그러나 제가 공장에 가서 일을 한 지는 한 달하고 사흘이 됩니다마는 오늘 월급이라고 탄 것이 이것입니다!"

하면서 철마는 공장에서 받은 돈 삼 원을 내놓았습니다.

한참 동안 그 돈을 바라보던 주인아주머니는 어찌할 수 없다는 얼굴빛으로

"공장에서 아무리 어리다고 한 달에 삼 원만 줄 리가 있나?"

하며 그 돈을 집으려고 하였습니다.

"주인아주머니, 서울 계시며 그것조차 모르셨습니까?"

하며 철마는 울었습니다.

주인아주머니는 철마가 우는 것이 쌀값만 쳐서 오 원에서 삼 원만 내게 되니까 미안한 마음으로 말을 못 하고 어린 마음에 우는 것으로 생각하였습니다.

그러나 철마는 결코 그게 아닙니다. 자기는 홀로 여관 한구석에서 밥값 한 모퉁이를 내면서도 자기 탄 돈이 모자랄진대 다른 분들은 아무것도 없으나마 가정들을 가졌을 터인데 그들이 집에 가면

"옷값, 쌀값 주었소? 어제도 집주인이 와서 집세를 안 낸다고 집을 내놓으라고 그랬는데 집세나 주었소? 아버지, 나 떡 사 줘. 아빠, 신발!"

하면서 조르고 있을 것을 생각하고 운 것입니다.

그뿐도 아닙니다. 자기가 아직도 보통학교 일 학년에 있을 때 원족(遠足)[63]을 가겠으니 돈을 달라고 아버지를 조르던 생각도 한 것입니다. 그때 아버지는 돈을 가지고 계시면서 안 주시는 줄 알았던 것이 이 모양 저 모양을 보고서 하루 밥 세 끼를 먹는 데도 벌벌 고생을 하게 되며 어느 날은 두 때[64]! 그런데도 아버지 앞에서 울면서 졸랐던

63) 소풍

생각을 하며 그때 아버지의 마음은 어떠하셨을까 하는 생각도 돌이켜 하여 보았습니다.

"여보, 어린 손님, 울질 마소!"

"공장에서 탄 돈이 삼 원이라니 할 수 있소!"

하면서 그 돈을 자기 주머니에다가 넣었습니다.

그러나 철마로 있어서는 못 한다고도 못 하겠으나 당장 급한 것은 시골에서 자기의 소식을 알려고 애쓰는 누님에게 편지도 하여야겠고 머리가 기니 머리도 깎아야 하겠건만 말 한마디 할 용기가 없었습니다. 또한 말을 한들 그가 들어줄 것도 같지 않았습니다. 하는 수 없이 철마는 여러 가지로 생각하다가 공장이라고 다녀도 밥값은 고사하여 놓고 쌀값도 못 되는 걸 애를 쓰고 일을 하면 무엇 하나, 형님도 찾지 못하고 공장 주인의 일만 하여 줄 수 없다고 생각하였습니다.

공장 시간만 파하면 저녁밥이라고 먹고는 피곤한 몸을 이끌고 사람이 모인 곳이면 어느 곳이든지 기웃기웃하면서 한 달이 넘도록 다녔으나 도무지 형같이 생긴 이도 못 본 철마는 할 수 없이 자기를 도와준 조선소년회로 갔습니다.

"아, 오래간만입니다. 그래, 그 고달픈 일을 하고 있느라고 얼마나 고생이 되었소?"

하면서 조선소년회원들은 맞아 주었습니다.

<hr>

64) 문맥상 '끼니'로 추정됨.

"무얼요, 우리는 언제든지 고달픈 일을 하여야 되지만 도 여러분의 은덕으로 쌀값만 내고 있는데도 공장 월급이 그것도 못 되어 퍽 미안해요!"

라고 철마는 대답하였을 뿐입니다.

"그렇습니다. 공장 월급은 퍽 적습니다. 잘 주어야 삼 원이나 사 원을 주지요!"

하며 소년회원은 대답하였습니다.

"여러 선생님, 나는 떠나겠습니다. 아무쪼록 몸 성히들 계셔요."

"왜 가요? 가면 어디로요?"

"내가 직공 생활을 하려고 온 것이 아니었음은 잘 아시 지요. 형님을 찾아 서울까지 왔으나 한 달이 되어도 도무 지 형님을 서울선 못 찾을 생각이 납니다. 내가 형님을 못 찾아 애를 쓰는 몇 배 이상 홀로 이모 집에서 우리를 생각 하는 누님은 더할 것입니다. 오빠를 찾으러 서울 간 녀석 도 한 달이 되도록 시원한 소식도 없다고 누님은 애를 더 쓸 터이지요. 그러니까 다시 누님한테로 가든지 딴 지방 으로 가든지 하겠습니다."

"그럼 누님한테로나 가시오. 일정한 곳을 모르고 또 어 린 몸으로 어떻게 형님을 찾아다닙니까?"

그러나 철마는 누님이 계신 이모 집으로 가서 있고는 싶 으나 당장에 돈 한 푼 없으니 어찌할 것이며 또 그렇다고 소년회원에게 동정을 구할 수도 없었습니다. 조그마한 월급을 타서 그 돈 가운데서 기울여 쓰는 우리 소년회 경비도 모자라는데 황차(況且)[65] 자기를 위하여 동정을 하여 달라고 철마는 말할 수가 없었던 것입니다.

또한 소년회원들도 철마의 가없음은 알았으나 도무지 보태어 줄 힘이 없었습니다마는 철마의 눈치를 피하여 조금만큼 돈을 만들어 철마가 못 보는 틈에 양복 뒷주머니에다가 넣어 주었습니다.

"철마 씨, 먼 길을 떠나는데 우리는 아무 도움도 못 드립니다. 용서하셔요."

"아니에요, 오히려 많은 도움을 받고 갑니다요!"

하면서 눈물에 넘치는 인사를 마치고 소년회의 문을 나섰습니다. 그때 소년회원들은 우르르 따라 나오며

"철마 씨, 잘 가요!"

하는 말을 하고서는 서운한 얼굴빛으로 바라볼 뿐이었습니다.

이튿날 아침 철마는 여관 주인에게 간곡한 인사를 마친 다음 공장에 이르러 노인과 길남이에게 가겠다는 말을 하자 노인께서는

"어디를 가든지 몸만 건강하여 다오. 철마야, 이제 가면 언제 오니?"

하면서 각각 눈물을 흘렸습니다.

노인은 귀엽게 여기던 철마가 떠난다고 하니 가다가 과

65) 하물며

자라도 사 먹어라 하고 돈을 좀 주고 싶었으나 그 역 주질 못하시고 섭섭히 헤어졌습니다. 철마는 갈 곳을 정하지 못하고 또한 수중에 돈 한 푼 없이 자기가 시골서 가지고 왔던 보퉁이 하나만을 옆에 끼고 공장 문을 나와서 한 발 두 발을 옮겨 놓으며

'형님을 어디 가든지 찾아볼까? 그렇지 않으면 다시 누님이 머무르고 계신 이모 집으로 갈까?'

여러 가지로 생각을 하면서 동대문 쪽을 향하여 무거운 다리를 옮겨 놓았습니다.

(다음은 이미 세상을 떠난 이정호 선생이 씀.)

하소리 산골에서도 육십 리가 더 멀리 떨어져 있는 아주 두메 구석 이모님 댁에 몸을 부치고 있는 누이 명순이는 철마를 떠나보낸 후로 한시도 마음이 편하지를 못하였습니다.

먼 곳이라고는 친척의 집으로 단 하나뿐인 이모님 댁 (지금 명순이가 몸 부치고 있는 집)과 어느 때인가 학교에서 원족으로 읍에서 서남쪽으로 약 이십 리 밖에 있는 대성산(大成山)(집에서는 약 칠팔십 리)을 기껏 한 번 갔다 왔을 뿐이요 김화의 골(郡) 밖이라고는 한 걸음도 내디디어 보지 못하고 자라난 어린 철마가 갑자기 서울을 가게 되어 어쩔 수 없이 보내 놓기는 하였으나 마치 우물 앞에다 어린애를 보낸 것 같아서 도무지 마음이 놓이지 않았습니다.

'어린것이 혼자 가다가 길이나 잃고 고생이나 하지 않는지……. 김화읍까지만 잘 걸어갔으면 전차나 기차는 타고 앉기만 하면 저절로 가는 데까지 데려다준다니까 별다른 고생이야 없겠지만 김화읍까지 가는 동안에 무슨 탈이나 없이 잘 갔을는지……. 또 어린 몸이 오륙십 리나 먼 길을 걷고 고단하여서 차 속에서 졸다가 정거장이나 지나치지 않았는지……. 서울까지는 무사히 가 닿았더라도 향방도 모르는 언니를 찾느라고 고생인들 여북하며[66] 또 노자도 충분히 못 가지고 간 몸이 얼른 찾지를 못하여 배나

66) 정도가 매우 심하거나 상황이 좋지 않다.

굶주리고 또 잠잘 곳이 없어서 거리로 방황하여 다니지나 않는지!'

이 모든 것을 생각하고 걱정하기에 밤에도 잠을 못 이루며 애를 태웠습니다.

삼 남매가 유별히 정답게 자라났고 또 아버지 어머니도 없이 외롭게 지내는 가엾은 신세들이라 동기를 생각하고 동기를 사랑하는 정이 누구보다도 지극한 터에 철모르는 어린 것을 삼백 리나 넘는 멀디먼 낯선 땅에 보내 놓았으니 어째 조바심이 안 나고 애[67]인들 안 쓰이겠습니까?

더구나 서울을 가게 된 그 일이 부잣집 자식같이 무슨 호강스러운 일이나 또는 학생이 되어 공부를 더 하려 기쁘게 떠나간 것도 아니요 단지 너무도 급작스레 당하는 일이면서 또한 자기네들로서 해석하기에는 너무도 알기 어렵게 막연한 뜻을 품고 훌쩍 떠나 버린 노마 오빠를 찾아서 하다못해 시원히 말이라도 들어 보든지 또 가지 못하도록 만류라도 하여 보다가 안 되어 다시 또 떠나보내는 한이 있더라도 그렇게 하여 볼 생각으로 어려운 길임을 번연히[68] 알고도 떠난 것이니 가는 철마나 보내는 누이나 다 같이 마음속에 형용할 수 없는 슬픔과 걱정이 없을 수

67) 초조한 마음속
68) 훤하게 들여다보이듯이 분명하게. 번히

없었습니다.

그러나 철마를 떠나보낸 지 얼마 되지 않아 명순이에게는 새로운 의심과 걱정이 한 가지 더 겹치게 되었으니 그것은 노마 오빠가 떠날 때 써 놓고 간 글발이었습니다.

"조선을 위하여 또는 우리뿐 아니라 온 세상의 모든 사람을 위하여 갑자기 떠나지 않으면 안 되게 되었다."

명순이나 철마가 비록 나이 어리어 아무것도 모른다 하더라도 노마 오빠가 글발을 통하여 남겨 놓고 간 그 말과 그 뜻을 전혀 모르거나 또는 옳지 못한 일로 잘못 알 만큼 그렇게 천치나 바보는 아니었습니다.

그 아버지가 살아 계실 때 동네 노인들이 찾아와 아버지와 마주 앉기만 하면

"세상이 얼른 바뀌어야지. 그러기 전에는 우리 조선 사람은 이래도 죽고 저래도 죽을 판이니 그저 두 팔을 부르걷고 나서서 목숨이 다할 때까지 아무 일이고 하여 보다 죽어도 죽어야지. 그냥 앉아서 죽을 수는 없습니다."

하고 말씀하는 소리를 가끔 들었고 또 동네에서는 가장 유식하여서 아는 것이 많다는 글방 선생님이 읍에를 한번 갔다 오시면 언제나 새 소식을 한 가지 두 가지씩 전하여 주는데 한번은

"아, 여보쇼! 읍내 김 승지의 아들이 붙잡혔다는구려!"

하는 말을 듣고 말곁[69] 달기 좋아하는 이웃집 쇠돌이

아버지가

"왜? 무슨 일로 그랬다나요?"

"아따, 그 무어라든가…… 왜 그 사람이 일본 갔다 왔을 때부터 무슨 주의니 무슨 운동이니 하고 떠들고 돌아다니다가 순검이 자꾸 쫓아다니는 서슬에 그만 서울로 도망을 하였다고 하지 않았나."

"그랬지요."

"그러더니 그예70) 붙잡혔다는구먼!"

"아니, 거기서 무얼 하였기에 그렇게 되었나요?"

"원, 답답한 사람도…… 아—, 글쎄, 그 무슨 주의니 무슨 운동이니 하다가 그렇게 되었다니까."

"그게 무얼 어떻게 하는 일이기에 붙들려 가기까지 하였나요?"

"허, 이 사람은 도무지 세상 형편을 모르는군그래……. 무식한 사람은 할 수 없느니……. 그게 이렇다네, 얼른 쉽게 말하자면 말야…… 작게는 우리를 잘되게 하고 크게는 우리뿐 아니라 온 세상 사람이 다 한집안같이 한 형제같이 지내면서 누구나 똑같이 잘살게 하려는 일이라네."

"그럼, 일인즉 대단히 옳고 좋은 일입니다그려?"

"아—, 그야 다시 이를 말인가. 그러나 이것은 좀 생각하여야 할 문제이지. 우선 우리 민족을 위하여 모든 힘을

69) 남이 말하는 옆에서 덩달아 참견하는 말
70) 마지막에 가서는 기어이

바치는 것이 우리 조선 청년들이 할 일이야."

하고 여러 사람 있는 데서 쇠돌이 아버지하고 주거니 받거니 이야기하는 소리를 들은 일이 있었습니다.

그때 철마는 아직 어려 그 말에 별로 유의도 안 하였거니와 또 애써 들으려고도 아니 하였습니다만 명순이는 그래도 철이 날 만한 나이였고 또 일상 집안에만 파묻혀 있으려니 자연 심심하고 갑갑하여서 그 글방 선생님이 읍에만 갔다 왔다 하면 무슨 신기한 이야기나 재미있는 소식이라도 얻어들을까 하여 어른의 말씀을 엿듣는 것이 예가 아닌 것도 아나 하던 일을 제쳐 놓고 열심으로 귀를 기울였습니다.

그러나 특별히 여자에 관한 이야기나 처녀가 배울 이야기나 그렇지 않으면 살림살이 이야기나 자기가 들어서 알 만한 이야기, 즉 자기의 세상과 친하고 친해질 수 있는 이야기 외에는 별로 크게 유의하여 들으려고도 안 하였고 또 머릿속에 기억하여 두려고도 안 하였건만 어느 날 우연히 그 글방 선생님과 이웃집 쇠돌이 아버지가 이야기하던 그 말과 자기 오빠가 남겨 놓고 간 글발의 말이 과히 틀리지 않음을 발견하였을 때 그는 그만 "악!" 하고 뒤로 자빠질 듯이 놀랐습니다.

동네에서 일반이 어른으로 대접하고 또 문장[71]으로 존대할 뿐 아니라 가장 믿을 만한 글방 선생님의 말씀으로

71) 글 잘하는 사람

96

비추어 본다거나 또는 자기의 얕은 문견에서 생겨진 작은 지식을 가지고 판단하였을 때 그 오빠의 목적하고 떠나간 일이 결코 나쁘거나 옳지 못한 일이 아닐 것만은 분명하나 그 일이란 대체 무엇을 어떻게 하는 일이며 얼마나 어려운 일인지 거기에 대하여서는 전혀 장님이었습니다.

더구나 그런 일을 하는 사람은 덮어놓고 순검이 따라다니거나 잡아다 가둔다는 말을 들었던 터이라

'오빠가 만일 김 승지의 아들과 같이 되면 어쩌나……. 그렇지 않아도 지주 영감을 때렸다고 두 주일 동안이나 갇혔다 나온 후로는 순검들이 여간 미워하는 것이 아닌데…….'

하고 생각하니 가슴이 덜컥 내려앉고 온몸에 소름이 쪽 끼쳤습니다.

'내가 왜 이렇게 방정맞은 생각을 할까.'

하고 자기 스스로 몇 번이나 그런 생각이 고개를 쳐들 때마다

'아니다, 오빠야 무엇이 나쁘단 말인가. 함정에 빠진 조선을 위하여 일하는데 그럴 리가 있나……. 제일에 불쌍한 우리 때문에 그런 일을 하더라도 결코 붙잡히지는 않겠지…….'

하고 억지로 내리눌러도 보았으나 억제하려면 억제할수록 더욱 엄연한 사실로 나타나 보이는 것 같았습니다.

주재소에 갇혔다 나온 후로 자기 집 건넌방에 낯선 젊은

이들이 자주 드나들며 무엇인지 밤 깊도록 숙덕이던 것이
나 또 이튿날 새벽이 되도록 무엇을 하는지 덜그럭덜그럭
소리가 새어 나오던 일이 모두 마음을 죄는 일이요, 더구
나 그 오빠의 성질이 원래 유순할 때는 양파같이 아주 유
순하다가도 한번 노하든지 눈살을 찌푸리기만 하면 그야
말로 성난 사자와 같이 무서운 것을 명순이는 평소의 경
험으로 보아 잘 알았습니다.

그런데 그렇게 무서운 성질을 가진 오빠가 만일 그 위태
한 일을 한다면 정말 물불을 헤아리지 않고 마구 덤비는
지도 모르는 터이라 아무리 그 방정맞은 생각을 그만두자
그만두자 하면서도 오빠를 아끼고 위하는 정의가 도무지
그를 허락지 않았습니다.

그렇게 되니까 철마보다도 도리어 그 오빠의 신상이 한
없이 염려스럽고 더 애가 쓰였습니다.

그렇지만 이 속 아픈 사정을 아무한테도 하소하지[72] 못
하고 벙어리 냉가슴 앓듯 자기 홀로 걱정하노라니 원체
남의 집에 와서 덧붙이어 편치 못한 살림을 하는 그의 고
생은 더욱 말 아니었습니다.

이모부는 원래 완고한 어른이라 문제도 안 되지만 이모
는 그래도 자기 동기의 자식이라 그런지 또는 부모 없이
불쌍하게 자라난 것이라고 그러는지 여러 가지로 편의도
봐주고 또 사랑도 하여 주었습니다.

72) 하소연하다.

그러나 이모는 아무래도 어머니와는 다르게 한 간격이져 있는 까닭에 그런 일 저런 일을 툭 터놓고 이야기하기도 거북하지만 도리어 섣불리 이야기를 내었다가 당장에 소문만 퍼뜨려 일이 오빠에게 더 불리하게 돌아가면 어쩔까 하는 생각도 있어서 그 이모에게까지 오빠의 일도 또 철마의 일도 모두 거짓말로 감추어 버렸던 것입니다.

"오빠는 여기서 살 수 없으니까 서울로 돈벌이를 하러 갔는데 벌이가 좋으면 철마까지 데려가고 나중에는 자기까지 마저 데려가겠다."

하고 떠나간 것이라고 엉터리없는 거짓말을 하였던 것입니다.

그리하여 노마나 철마가 하소리에서 떠난 것을 자세하게 아는 사람도 없거니와 또 이상스럽게 아는 사람도 없었습니다.

명순이의 말 그대로 지주 영감에게 논밭을 떼이고 또 그 아버지 어머니까지 돌아가신 후에 살림이 구차하여지니까 자연 살 수 없어서 서울로 돈벌이를 갔거니 하고 믿게 되었습니다.

철마가 이 시골을 떠난 지도 벌써 닷새가 지났습니다.

그러나 번연히 와 있을 그에게선 아무런 소식이 없었습니다.

이틀 만에 한 번씩 지나다니는 체전부가 벌써 세 번이나 그 집 앞을 지나갔건만 정말 명순이에게는 아무런 소식도 전하여 주지 않았습니다.

엿새, 이레, 열흘, 보름이 지났습니다.

그러나 여전히 아무런 소식이 없었습니다.

'웬일일까? 아직 서울에 가 닿지 않았을 리도 없고…….
또 오빠야 만났든지 못 만났든지 서울에 가 닿기만 하면 곧 안부 편지라도 띄우겠다고 하였는데 벌써 보름이 되도록 이렇다는 소식 한 장 없으니…… 어린것이 갑자기 먼 길을 가느라고 중간에서 혹시 노독으로 병이나 나지 않았을까? 그렇지 않으면 혹시 나쁜 녀석의 꼬임에 빠져 많지 않은 노자이나마 죄다 털리고 중간에서 오도 가도 못 하게 되어 고생이나 하고 있지 않는지…….'

그렇지 않아도 그 오빠의 걱정 때문에 애가 타서 안절부절못하는 명순이는 별생각이 다 났습니다.

그러나 그렇다고 누구 하나 의논할 사람도 없고 또 어디 한 곳 알아볼 곳조차 없고…… 오직 자기 홀로 가슴만 바작바작 태울 뿐이었습니다.

'오늘이야 설마 없을라고!'

그러나 그날도 소식이 없으면

'내일은 꼭 있겠지!!'

하고 기다리다가 그 이튿날 역시 아무런 소식이 없을 때 명순이는 그만 안타까워서 거의 미쳐 날 지경이었습니다.

읍에 갔다 왔다는 사람이 있으면 말은 못 하나 행여 무슨 소식이나 있을까 하여 일일이 쫓아다니며 귀를 기울였고 서울서 편지 왔다는 집만 있어도 행여 무슨 소식이 쓰여 있을까 하여 일일이 쫓아다녔으나 그 오빠와 동생의 소식은 전혀 알 길이 없었습니다.

또 지나가는 체전부를 붙잡고 번연히 없는 편지를

"그래도 있을 터이니 찾아보아 주셔요."

하고 조르다가 망신을 당한 일도 한두 번이 아니었으며, 그곳을 지나는 낯모를 나그네를 붙잡고 서울서 오는 손님이라면 덮어놓고 그 오빠와 동생의 소식을 묻다가 망신을 당한 일도 한두 번이 아니었습니다.

이렇게 하기를 거의 한 달이 지나도록 그들에게선 영영 아무 소식도 없었습니다. 그러노라니 비록 가난한 집안에서 잘 먹지도 입지도 못하고 자라났으나마 꽃송이같이 탐스럽고 어여쁘던 명순이의 얼굴이 마치 오랫동안 중병을 앓고 난 사람같이 여위고 해쓱해져서 보기에도 여간 처참하지 않았습니다.

그렇건만 그 이모부와 이모는 명순이의 속 아픈 사정은 전혀 모르고 두 분이 마주 앉기만 하면

"그 애가 처음에 와서는 꼭 집 안에만 파묻혀 일도 곧잘 하는 것 같더니 요즘에 와서는 도무지 일도 잘 하려 들지 않지만 제일에 문밖출입을 자주 하거나 그렇지 않으면 무얼 하는지 제 방구석에만 틀어박혀서 꿈쩍 안 하니 대체 무슨 까닭인고……. 남의 집 아이를 내 집 아이들같이

자주 불러서 꾸짖거나 타이를 수도 없고…… 이를 어쩌면 좋단 말이오."

하고 의심과 아울러 괘씸하게 여기는 생각이 싹트기 시작하였습니다.

자기네는 인척 관계라는 것보다는 그의 정상[73]이 하도 불쌍하여서 자기 집에 데려다 두었다고 말할 만치 너그러운 은혜를 베풀어 주었건만 명순이가 아무 까닭도 없이 (실상은 있으나 모르기 때문에) 자기네를 배반하는(자기네는 배반으로 안다) 소행을 생각할 때 완고하기 짝 없는 이모부는 적잖이 격분하였습니다.

그러나 그의 격분은 결코 무리한 것이 아니었으니 그 이모부의 집안도 기실 그리 넉넉한 편은 못 되었습니다.

남의 것을 빌리거나 얻어 하는 것은 없으니까 또 그리 구차한 편도 아니었습니다.

그러나 논 몇 마지기, 밭 며칠 갈이가 있다고 하여야 자기네 집안 다섯 식구(어린것 셋까지)가 먹고 쓰기에 겨우 빠듯한 형편이니 친척이고 무엇이고 돌아볼 여지가 없는 터에 금년같이 풍년이 지고도 도리어 흉년 이상으로 곤란을 받는 때 앞일을 모르면서 결코 명순이를 맡을 리가 없었습니다. 완고하고 또 다소 인색한 편에 껴들 수 있는 그 이모부가 명순이를 아무 군소리도 없이 맡은 것은 정직하게 말하면 친척이라는 그 정분보다도 억지 동정으로 그의

73) 딱하거나 가엾은 상태

신세가 가련하여서—그 외에 달리 자기 편으로 또 한 가지 욕심이 있었다면 그것은 명순이가 비록 나이는 어려도 바느질로부터 부엌일에까지 어른 이상으로 특별한 솜씨를 가졌다는 것을 그전부터 그 이모 편에 자주 들은고로 그를 데려온대도 제 밥값은 넉넉히 할 수 있으리라고 믿었기 때문입니다.

그랬더니 요즘에 와서 까닭 모르게 그의 태도가 돌변함으로 인하여서 제일에는 동네 사람에게 부끄럽고(자주 문밖출입을 하는 고로) 그다음에는 자기네 심산(부려 먹으려던 욕심)과 틀어졌음이 그를 격분하게까지 만들었던 것입니다.

그래서 온 집안사람이 그를 대하는 태도가 전과 다르게 갑자기 쌀쌀하여졌습니다.

영리한 명순이가 이것을 모를 리가 없었습니다.

그러나 아무리 마음을 강인하여서라도[74] 전과 같이 그들에게 충실하여 보이려고 노력은 하나 그 오빠와 철마의 일이 앞을 가리어 도저히 마음대로 되지 않았습니다.

보통 튼튼한 몸이라도 날마다 힘든 일을 계속하려면 자연 피곤하여서 어렵겠거든 뼈와 살을 같이한 동기들의 진상이 끝없이 궁금하고 안타까워서 거의 미칠 지경에까지 이르러 밥도 잘 못 먹고 잠도 잘 자지 못하는 명순이가 일인들 손에 잘 걸릴 리가 있으며 이모부나 이모를 대하는

[74] 억지로 참다.

태도가 아무 걱정도 없었을 그때와 꼭 같을 수가 있었겠습니까? 그리하여 온 집안사람들의 날카로운(미워하는) 눈초리 속에서 또 며칠이 지났습니다. 그러나 역시 그 오빠와 철마에게선 아무런 소식이 없었습니다.

하루는 그 이모부가 읍내에 볼일이 있어서 가고 이모는 그 이웃 동네 잔칫집에 청대를 받아서 어린애 셋하고 아침 일찍이 떠나가 버리고 집에는 단지 명순이 혼자 떨어져 있게 되었습니다.

명순이는 이날도 다른 날과 같이 아침을 일찍이 해치우고 뒷동산으로 올라가 제일 높은 돌바위 위에 넋 없이 앉아서 멀리 신작로를 거쳐 널따란 벌판을 바라보며 한숨을 넋 없이 쉬고 있었습니다.

싸늘한 가을바람이 쇄— 하고 낙엽을 휘몰아 언덕 아래로 내리굴리고 뼈만 앙상한 마른 풀잎들은 고개를 들지 못하고 바들바들 떨었습니다.

멀리 구름 한 점 없이 새파란 하늘 밑으로 철마가 괴나리봇짐을 해 지고 까뭇까뭇 보이는 촌가 집을 옆으로 끼고 타박타박 걸어 넘어가던 조그만 고개 좌우에는 방금 수확이 끝난 논밭과 황량하기 짝 없는 넓은 들판이 가로 누워 있어 보기에도 쓸쓸하였습니다.

그 고개를 보지 말자, 보지 말자 하면서도 소식은 모르나 철마가 돌아온다면 반드시 그 고개를 다시 넘어올 것을 생각하고 번연히 헛일인 줄도 알면서 날마다 한번씩 나가 보는 그 고개가 오늘은 웬일인지 더욱 쓸쓸하여 보였습니다. 한참 만에 고개를 돌리는 명순이의 눈에는 눈물이 괴었습니다.

이제는 걱정과 안타까움보다도 야속하고 슬픈 생각이 앞선 것입니다.

어쩌면 그 오라비들이 자기 혼자 이곳에다 내버리고 한번 떠난 후에 영영 소식조차 안 알려 주는가 싶어서 그만 두 눈에 눈물이 핑 돌고 온몸이 녹아 쓰러지는 것 같았습니다.

그날 저녁이었습니다.

잔칫집에 갔던 그 이모는 해가 어슬어슬하여서, 또 읍에 갔던 그 이모부는 밤이 깊어서야 돌아왔습니다.

명순이는 으레 하는 격대로 준비하였던 저녁상을 손수 들고 들어가서 그 이모부의 앞에 놓았습니다.

다른 때 같으면 상만 갖다 놓고 그냥 휙 돌아 나왔으련만 이날은 이모부가 읍에를 갔다 온 터라 혹시 무슨 소식이라도 들을까 하여 윗목으로 올라가서 혼자 잘 노는 쇠돌이(셋째 아이)를 얼러 주고 있었습니다.

자기는 딴생각이 있어서 그렇게 하는 것이건만 다른 사람이 보기에는 대단히 어색해 보일 만큼 그의 행동은 어디인가 좀 서투른 구석이 있었습니다.

한집에 있는 어린아이를 더구나 사촌 아우를 얼러 주거

나 귀여워하는 것이 무엇이 이상스러웠으리오마는 남모를 걱정 때문에 일상 침울하여 있어 어린애라곤 전혀 돌아볼 척도 안 하던 그가 갑자기 이런 행동을 가질 때 그 이모부와 이모는 경이의 눈으로 그를 쏘아보았습니다. 이런 줄은 모르고 명순이는 일변 어린애를 얼러 주면서도 이모부가 앉아 있는 쪽으로 귀를 기울였습니다.

저녁상을 받아서 밥을 한 대여섯 숟갈이나 떴을까 말까 하였을 때 그 이모부는 기침을 한번 칵 하고 내더니

"이 애, 명순아."

하고 불렀습니다. 명순이는 곧

"예."

하고 고개를 이모부 쪽으로 돌렸습니다.

"너한테 하나 물어볼 것이 있다."

"예, 무슨 말씀이세요?"

명순이는 무슨 말을 하려나 하고 의아한 눈초리로 그 이모부를 바라보았습니다.

"노마나 철마한테서 그동안 무슨 소식이 있었니?"

명순이는 이외에도 그 오빠와 동생의 말을 묻는데 일변 반갑고 궁금한 생각이 나서 아랫목으로 한 걸음 더 가까이 나앉으며[75]

"아무 소식도 없었어요."

하고 대답하는 그의 얼굴에는 확실히 그다음 말을 조금

[75] 안에서 밖으로 또는 앞쪽에서 뒤쪽으로 자리를 옮겨 앉다.

히 기다리는 심정이 뚜렷이 나타나 보였습니다.

"그런데 노마와 철마는 서울 가서 무얼 한다던?"

이모부는 달리 뜻이 있어 묻는 모양이나 명순이는 이 뜻밖의 물음에 대답이 콱 막혔습니다.

어느 때인지 확실히 기억은 안 되나 그전에도 간혹 이런 질문이 있어서 이미 꼭 같은 대답을 되풀이한 바가 한두 번이 아니었음에도 불구하고 또다시 이런 질문을 받을 때 명순이는 몹시 당황하였습니다.

그러나 이미 그 이모부를 속여 왔던 터이고 또 지금에 와서 새삼스레 달리 꾸며 대답할 수도 없는 형편이라 그저 늘 하던 투 그대로 마음에 없는 거짓말을 또 하지 않을 수 없었습니다.

"아마 어느 공장에 다닌다나 봐요."

거짓말을 하는 것이 죄요 또 나쁜 것을 모르는 바가 아니나 동기를 위하고 아끼는 정성에서 또다시 그 이모부를 속인 것입니다.

"분명히 공장에를 다닌다던?"

무슨 뜻인지 모르나 마치 네가 나를 속이지 않느냐는 듯한 태도로 거듭 묻는 그 이모부의 얼굴에는 어디인가 범할 수 없는 위엄과 무서움이 나타나 보였습니다. 그렇지 않아도 거짓말을 하여 놓고 적잖이 불안해하던 명순이는 그 이모부가 오빠의 사실을 얼마큼 짐작이라도 하고 또 자기의 거짓말을 눈치 채고 따져 묻는 것 같아서 더욱이나 마음이 초조하였습니다.

그러나 주저하면 주저할수록 그 이모부에게 더욱 의심과 노여움만 살 것을 잘 아는 명순이는 마음을 단단히 도슬러76) 먹고 자기 말이 거짓말이 아니라는 증명으로 말에 힘을 주어

"예, 분명히 어느 공장에 다닌다는 말을 들었습니다."

하고 대답하였습니다.

그 이모부는 의아한 눈초리로 명순이를 한번 흘낏 쳐다보더니 밥 한술을 듬뿍 떠서 입에 넣고 질겅질겅 씹으면서 다시 입을 열었습니다.

"내가 너한테 이런 말을 안 하려 하였더니 도리어 숨겨 두는 것이 나중에 화근이 되지 않을까 하여서 아주 미리 알려주는 게다……."

여기까지 들었을 때 벌써 명순이의 가슴은 덜컹하였습니다. 무슨 소식을 듣고 왔는지 모르나 하여간 그 이모부의 태도와 말끝으로 보아서 오빠나 동생의 신상에 결코 이로운 소식이 아닌 것을 영리한 명순이는 미리 간파하였습니다.

"노마가 무슨 나쁜 짓(그는 덮어놓고 나쁜 짓으로 안다)을 하다가 붙들려 갇혔다는구나."

"예? 오빠가요?"

명순이는 미리 간파한 일이나 머리도 꼬리도 없이 불쑥

76) 무슨 일을 하려고 별러서 마음을 다잡아 가지다.

내어던지는 이 말 한마디에 그만 기절할 듯이 놀라 어찌할 바를 몰랐습니다.

옆에서 듣고 있던 그 이모도 이 뜻밖의 소리에 놀라는 듯이

"아니, 그 애가 무슨 짓을 하였기에 그렇게 되었다오?"

하고 물었습니다.

"글쎄, 난들 자세히야 알 수 있나. 오늘 읍에를 갔더니 군청에 있는 박 주사가 그런 이야기를 하는데, 신문에 났더라고, 그런데 일(사건)은 아직 취조하는 중이 되어 무엇인지 확실히 알지도 못할 뿐 아니라 주소까지 아직 불명이어서 꼭 그러리라고 믿을 수 없으나 하여간 자기가 생각하건대 하소리의 노마인 것 같더라고 그러데그려……. 그러니 경찰서에 붙들려 간 녀석이 좋은 일에 붙들려 갔을 리야 없고 필경 저 하소리에서 지주 영감을 때리듯이 누구를 뚜들겨 주었거나 그렇지 않으면 남에게 크디큰 적악[77]을 하였기에 붙들려 갔겠지, 다른 까닭이야 있을 것이 있나."

그 이모부의 이 말을 들을 때 명순이는 기가 탁 막히고 눈앞이 캄캄하였습니다.

원인도 분명히 모르고 자기 주견(그것도 옳지 못한 판단)에서 우러나오는 그대로 기탄없이 이야기하는 그 이모부가 한없이 미웠습니다.

77) 남에게 악한 짓을 많이 함.

설사 그 오빠가 정말 나쁜 일을 하다가 붙들려 갔다고 하자! 그렇더라도 자기의 입장이나 경우로 보아 그렇게 심하게 말은 못 할 터인데 가엾다는 말은 못 하여 주나마 아무 원혐도 없는 자기 오빠를 까닭도 모르고 모욕하는 그 심사를 생각할 때 이제까지 그런 격난[78] 없이 자라난 어린 명순이나 분노가 사무치는 마음을 억제할 길이 없었습니다.

그의 얼굴은 너무도 흥분이 되어 빨갛다 못해 파랗게 질렸습니다. 그의 신경은 마디마디가 바늘 끝같이 날카로워지고 성난 바다의 사나운 물결과 같이 몹시도 들먹거렸습니다.

'내가 이 집에 와서 비럭질[79]을 하고 있다고……, 내가 이 집에 와서 신세를 좀 지고 있다고 자기네 마음대로 우리를 농락하는구나.'

하고 생각하니까 이때까지 그 집에 몸 부치어 밥 한술 물 한 모금이라도 얻어먹고 지낸 것이 구역이 나도록 더러웠습니다.

인척 관계는 그만두고라도 자기는 자기의 귀중한 힘과 노력을 이바지(제공)하고 얻어먹은 것이니 엄정하게 본다면 결코 손톱만 한 신세를 졌을 리도 없고 또 이해 문제로 타산하더라도 결코 자기가 그 집의 밥 한 그릇 물 한 그

78) 몹시 심한 난리
79) 남에게 구걸하는 짓

릇을 아무 값 없이 거저 축낸 것도 아니건만 그 이모부는 인색한 자기 심산으로만 따져서 무슨 큰 은혜나 베풀어 준 것과 같이 생각하고 자기의 하고 싶은 대로 사람을 멸시하는 그 얄미운 심사가, 아니 그 야비한 심사가 한없이 미웠습니다. 침이라도 탁 뱉어 주고 싶을 만치 더러웠습니다.

명순이는 비로소 세상이 어떠한 것을 알았습니다.

자기 이모부라는 인간 하나를 통하여 세상의 형편과 인심의 한 부분(일 단면)을 환하게 내다볼 수 있었습니다.

이것으로 미루어 보아 지주 영감이 자기의 사랑하는 귀여운 자식을 때렸다고 자기네의 소작권을 빼앗은(박탈) 일도 결코 이 세상에 있을 수 없는 억지의 짓이 아니었구나 하는 생각이 났습니다.

친척이라는 탈을 뒤집어쓰고 허울 좋게 자기 집에 부치어 신세를 진다고(결국 신세 될 것도 없지만) 자기 마음대로 하고 싶은 대로 모욕하는 그것이나 지주 영감의 소행이나 그 양(사건)에 있어서의 차이는 있을지언정 그 질(원인)에 있어서는 조금도 다를 것이 없는 것을 명순이는 비로소 발견하였습니다.

이튿날 아침 일찍이 명순이는 그 집을 떠나 나왔습니다.

그 이모가 굳이 말리는 것도 듣지 않고

"우리 오빠는 결코 나쁜 일을 할 사람이 아닙니다. 지금에는 내가 말을 안 하나 어느 때이고 반드시 당신들(그는 솟아오르는 분을 참지 못하여 자기도 모르게 당신이라고 불렀다) 앞에 우리 오빠의 한 일이 어떠한 것이라는 것을 보여 줄 때가 있사오리다."

하는 말 한마디를 남겨 놓고서는 그 집의 대문을 나섰습니다.

그 전날 밤에 이모부에게 그런 모욕에 가까운 말을 듣고 아무런 대답도 아무런 반항도 없이 자기 방으로 돌아온 명순이는 그 밤이 다 새도록 곰곰 생각을 하여 보아야 도저히 그 집에 그대로 오래 묵고 있을 수가 없었습니다.

그 이모부의 소행도 밉고 분하였지만 제일에 오빠의 일이 마음에 걸려서 한시를 참고 견딜 수가 없었습니다.

'오빠가 정말 붙잡혔을까? 만일에 이것이 사실이고 또한 철마의 생사조차 모르는 터에 내가 무엇을 바라고 이곳에 홀로 떨어져 있으랴! 오빠의 갇힌 곳이 서울이요 철마가 목적하고 떠난 곳이 서울이니 어떻게 하여서라도 서울까지 나가서 오빠의 얼굴이라도 한번 보고 또 철마도 찾아보리라.'

결심하고 조그만 보퉁이에다 우선 당장에 급한 것 몇 가지만 꾸려 가지고 떠나 나왔던 것입니다. 그리하여 우선 자기의 고향인 하소리를 먼저 찾아가기로 하였습니다. 그것은 불쑥 그렇게 나오기는 하였으나 수중에 돈이 한 푼도 없으니 차는 그만두고 걸어가더라도 밥값은 있어야 하겠는 고로, 그런 주선을 하려면 아무래도 생소한 곳보다는 자기가 태어나서 오래 자라나던 고향이 낫겠는 고로 그리로 가는 길이었습니다. 길이 서투른 데다 자주 걷지도 않던 다리로 더구나 아침도 먹지 않고 떠난 몸이 한 반나절 동안을 조금도 쉬지 않고 걸어가노라니 실제에 길은 겨우 절반밖에 못 왔건만 주림과 곤란은 여간하지 않았습니다.

배는 고프다 못해 아파 오기 시작하고 발은 통통 부르터서 도무지 한 발 한 걸음을 떼어 놓기가 어려웠습니다.

그러나 지금에 걷는 이 길이 무슨 좋은 일이 있어서 기쁜 일이 있어서 호강스럽게 가는 길이 아니니 그만한 곤란은 명순이도 이미 각오하던 바였습니다. 못 견디게 아프고 괴로운 것을 이를 악물고 억지로 억지로 참아 가면서 그대로 걸었습니다.

그리하여 해가 거의 지게 될 때쯤 목적하였던 하소리까지 와 닿았습니다.

그래서 글방 선생님의 집을 찾아갔습니다.

글방 선생님은 그 아버지가 생존하여 계실 때에 가장 친절한 교분을 가지고 계시던 분이요 또 자기를 지극히 사랑하여 주시던 분이라 누구보다도 반갑게 맞아 줄 것이요 또한 친절한 지도와 도움을 주리라고 믿었기 때문입니다.

명순이의 예상한 바와 같이 글방 선생님은 그를 반갑게

맞아 주었습니다.

선생님뿐 아니라 그의 부인 되시는 어른까지 자기의 친
자손이나 멀리 보내었다가 오래간만에 다시 만나는 듯이
명순이를 무한 반갑게, 그리고 기쁘게 맞아 주었습니다.

"그동안 남의 집에서 고생은 얼마나 하였느냐?"

"서울 간 오빠와 동생의 소식은 자주 들었느냐?"

"우리는 너희들을 일시에 떠나보낸 후에 얼마나 섭섭하
였는지 모른다."

"먼 길에 오느라고 다리는 얼마나 아팠으며 시장하긴들
오죽하였으랴?"

는 둥 여러 가지로 친절하고도 감격에 넘치는 말을 많이
하여 주셨습니다.

그리고 자기네 두 분이 자시려고 준비하였던 저녁상까
지 그대로 들여다가 명순이를 대접하였습니다.

명순이는 이때까지 이렇게 따뜻한 정의와 고마운 후대
를 받아 본 적이 없었습니다. 어머니 아버지가 생존하여
계시다 하더라도 이보다 더할 수는 없으리라고 생각하였
습니다.

이것을 생각하니 그 이모와 이모부가 새삼스럽게 원망
스러운 동시에 이 선생님 두 내외분의 거룩한 온정에 자기
도 모르게 두 눈에 눈물이 맺혔습니다. 아무 인척 관계도
없이 다만 한동네에서 오랫동안 같이 지내었다는 정분만
으로도 이렇게 고마운 애정과 은혜를 베풀어 주거든 남남

끼리도 아닌 친척의 자식을 어쩌면 그렇게도 모욕하고 천대할 수가 있을까? 하고 가슴을 쥐어뜯었습니다.

명순이는 글방 선생님에게 모든 이야기를 죄다 아뢰었습니다. 오빠의 이야기로부터 철마의 이야기, 또 자기 신세 이야기까지 죄다 설파하고 그날 밤 안으로 다시 서울을 향하여 떠나려 하였습니다.

그러나

"너의 우애와 정성은 대단히 거룩하나 일이란 언제든지 급하게 서두르면 열에 아홉은 실패하고야 마는 것이다. 그뿐 아니라 오늘은 먼 길 오느라고 고단도 할 터이고 또 내가 따로이 부탁할 말도 있으니 오늘 밤에는 여기서 편히 쉬고 내일 아침 일찍이 떠나도록 하여라."

하는 두 내외분의 간곡한 말투를 거절할 수가 없어 그날 밤만은 어쩔 수 없이 그곳에서 머물기로 하였습니다.

이 글방 선생님은 대단히 좋은 어른이었습니다. 보통 다른 이들같이 아는 것이 많고 또 동네에서 주제넘거나 거만을 피우는 경박한 사람은 아니었습니다.

이분은 그와 반대로 마음이 좋으시고 정성이 대단한 이로 나이 오십을 넘어 육십을 바라보게 되어 머리가 허옇게 세고 허리가 굽도록 이십여 년 동안의 기나긴 세월을 하루같이 그 동네 아이들에게 글을 가르쳐 왔고 또 동네의 발전과 동네 사람의 이익을 위하여 항상 자기의 수고를 아끼지 않고 분투하여 왔습니다.

머리가 세고 허리가 굽어도 아침부터 저녁까지 동네 아이들의 어두운 눈을 깨워 주며 한편으로 동네의 복리를 위하여 자기의 온갖 힘을 이바지(제공)하는 것을 자기의 가장 귀중한 천직으로 알고 이 일에 진력하여 오는 터였습니다.

그는 오늘 밤에도 글 강의가 있고 또 동네에서 한 달에 한 번씩 열리는 동회80)가 있건마는 아무 데도 가지 않고 명순이를 붙잡고 앉아서 여러 가지로 위로도 하여 주고 또 그가 앞으로 취할 일에 대하여서도 좋은 말씀을 많이 들려주었습니다.

"명순아, 네가 서울을 간다니 대관절 서울에 가서 어떻게 할 셈이냐?"

"서울을 가면 우선 경찰서를 찾아가 그리운 오빠의 얼굴이라도 한번 만나 보고 또 소식 모르는 철마를 찾은 후에 어떻게 하든지 하겠어요."

"그야 동기간 의리로 물론 그렇게 하는 것이 의당 옳은 일이겠지……. 그러나 만약에 네 오빠만 만나고 철마를 찾지 못할 경우에는 어떻게 할 터인가?"

명순이는 이 말에 대답할 아무 준비가 없었습니다.

80) 동네의 일을 협의하는 모임

아무것도 모르는 시골 처녀의 순직한 마음으로 그저 덮어 놓고 서울만 가면 오빠도 만나고 또 철마도 찾을 수 있겠지 하는 막연한 생각 외에 별반 궁리가 전혀 없던 터에 갑자기 이런 질문을 당하니까 그의 대답이 막히지 않을 수 없었습니다.

사실 지금의 글방 선생님 말씀과 같이 만약 그렇게 될 경우에는 어떻게 하겠다는 복안[81]도 무엇도 없었습니다.

"명순아, 일이란 언제든지 그렇게 단순한 것이 아니다! 그리고 자기가 생각하고 뜻한 그대로 죄다 이루어질 수 없는 것이야! 물론 네가 이런 결심을 하고 떠나 나올 때는 서울만 가면 너의 오빠도 동생도 힘 안 들이고 곧 만날 수 있으리라는 생각을 하였을 것이다. 그것은 너의 생각일 뿐이지 세상일이란 그렇게 자기 생각대로 자기 욕심 그대로 되기는 여간 어려운 일이 아니란다."

"선생님! 그러면 나는 어떻게 하였으면 좋겠습니까? 사실 선생님의 말씀과 같이 나는 서울만 가면 모든 것이 제 생각대로 죄다 이루어질 줄만 알았습니다. 오빠는 경찰서에 붙들려 있을 터이니까 만나기가 과히 힘들 것 같지 않게 생각되었고 또 철마 역시 있는 곳조차 모르나 서울서는 사람 찾기가 퍽 쉽다는 말을 그전부터 들어 왔기 때문에 어리석은 생각에 단지 거기까지의 문제만 생각하고 또 걱정하였을 뿐이지 미처 속 깊은 생각은 전혀 하지 못하

81) 겉으로 드러내지 아니하고 마음속으로만 하는 생각

였습니다."

명순이는 자기의 온갖 생각과 복안이 여지없이 깨어짐을 따라 그에 대한 다른 계획과 방책[82]을 꾸며 내지 않을 수 없었습니다.

그러나 그의 얕은 경험과 좁은 의견으로는 도저히 앞에 다닥칠 그 크나큰 문제를 해결할 만한 능력이 전혀 없었습니다.

"그럴 터이지……."

하고 글방 선생님은 한참 고개를 숙여 무엇을 생각하는 듯하더니 다시 말을 이으셨습니다.

"…… 그러나 명순아 너는 조금도 걱정할 것 없다……. 내가 하는 말의 뜻을 네가 얼른 알아들을는지는 모르겠으나 하여간 지금의 조선 사람이란 늙고 젊고를 불관하고 온갖 모험과 희생을 다 하여 가면서라도 잘살 도리를 만들어 내기 위하여 별별 일을 다 하는 것은 비단 너의 오빠뿐만이 아닌 것이다. 지금의 젊은 사람이 이것을 생각지 않는 사람이 어디 있으며 또 그런 일을 하다가 봉변을 당하는 것은 고사하고 자기의 귀중한 생명까지 버린 사람이 얼마나 많은지를 알아야 한다. 그러니까 너의 오빠가 서울서 붙잡혔다고 하는 것도 내가 그의 평소 생각과 성행을 잘 아는 만치 그렇게 놀라울 일은 없어…….

(중략)

82) 방법과 꾀

너의 오빠가 먼저 앞잡이로 나서서 일을 하다가 그리된 것이니까 그것을 걱정한다거나 그것 때문에 애를 쓰는 것은 우스운 일이란 말이지…….

(중략)

그렇다고 내가 너의 서울 가는 것을 말리거나 오빠를 찾아보는 것을 말리는 것도 아니다. 서울도 가고 또 오빠를 만나더라도 결코 그의 앞에서 낙망을 하거나 슬퍼하는 빛을 얼굴에 나타내어서는 안 될 것이요 또 철마가 서울에 없다고 하더라도 그 애 역시 범연한 생각으로 너를 잊었거나 배반할 리가 없을 것이니 과도히 근심 말고 또 억지로 찾을 생각도 말고 제가[83] 스스로 찾을 때까지 그냥 내버려 두는 것이 좋아……. 그리고 네가 이제 서울을 가거든 너 역시 오빠와 동생이 없더라도 넉넉히 혼자 지내 갈 수 있는 튼튼한 의지를 기르고 또 그렇게 할 방편을 차리고 그들의 성공과 아울러 너는 너의 나아갈 길을 찾아 나아가야 할 것이다."

명순이는 글방 선생님의 이 기다란 설명을 듣고 분명히는 못 아나 비로소 지금까지 생각지 못하였던 새로운 무엇을 터득하였습니다. 집안에만 파묻혀 바깥세상과는 일절 교섭이 없던 그도 비로소 자기 마음속에 어떠한 깨달음이 싹트고 말았습니다.

그리하여 명순이는 그날 밤 하루를 글방 선생님 댁에서

83) 자기가

편안히 쉬고 이튿날 아침 일찍이 서울을 향하여 떠나게 되었습니다.

글방 선생님은 늙고 바쁘신 몸임에도 불구하고 친히 명순이를 김화읍까지 데려다주기로 작정하셨습니다.

"그만두세요. 젊은 사람도 아니신데 어떻게 거기까지 가세요. 아무리 처음 가는 길이라도 자주 물어서 가면 되지 않겠어요."

하고 명순이는 몇 번이나 굳이 사양하였으나 선생님은

"아니다, 그래도 내가 거기까지는 가야 한다. 어린 너를 홀로 보내고 우리 두 양주84)가 어떻게 마음을 놓겠느냐? 내 걱정일랑 조금도 말고 어서 길이나 떠나자!"

하면서 기어이 명순이를 따라나서셨습니다.

또 선생님의 부인은 전날 밤에 잠을 안 주무시고 만들어 둔 떡 몇 조각을 명순이의 봇짐 속에 넣어 주시며

"사내와 다르고 또 처음 가는 길에 시장한들 무엇을 마음대로 사 먹을 수나 있겠느냐? 변변하지 않은 것이나마 넣고 가다가 먹도록 하여라."

하고 동구 밖까지 따라 나오시어

"명순아, 이제 가면 언제 다시 오며 어린것이 단 혼자 서울을 가서 그 고생을 어떻게 하며 산단 말이냐?"

하며 차마 그를 떠나보내기가 애처로운 듯이 몇 번이나 그의 손목을 잡았다 놓고 잡았다 놓고 하셨습니다.

84) 바깥주인과 안주인이라는 뜻으로, '부부'를 이르는 말

명순이도 친어머니와 작별하듯이 자연 마음이 슬퍼져서 두 눈에 눈물을 흘렸습니다.

"안녕히 계십시오! 안녕히 계십시오! 다시 만나 뵈올 때까지 부디부디 안녕히 계십시오."

가다가는 돌아보고 가다가는 돌아보면서 명순이는 차마 떨어지지 않는 발걸음을 옮겼습니다.

부인의 두 눈에도 눈물이 어리었습니다.

"오, 잘 가거라. 명순아, 잘 가거라. 몸 성히 잘 가서 편지라도 자주 하여라……."

여기까지 말씀하시고는 그만 흑흑 느껴 우시었습니다.

부인의 느껴 우는 울음소리를 뒤로 두고 넋 없이 걸어가는 명순이의 그림자는 벌써 신작로 언덕길에 산모퉁이를 돌아서 그림자까지 사라져 버렸습니다.

가을의 시골길은 쓸쓸하였습니다. 사면에 늘어 놓인 논과 밭은 모든 것을 거둬들인 뒤끝이라 황량하기가 짝 없는데 거친 들판을 달리는 바람까지 싸늘하였습니다.

"명순아, 아까도 내가 말하였지만 서울에 가 닿는 즉시로 그 편지를 가지고 원동(苑洞) 조 주사 집을 찾아가거라. 그는 나하고 어렸을 때부터 같이 자라나던 둘도 없는 친한 친구이니까 반드시 너를 불쌍히 여기고 도와줄 것이니 얼마 동안은 아주 그 집에 몸을 부쳐 지내면서 차차 좋을 도리를 생각하여라. 서울이란 데는 시골과는 훨씬 달라서 아래윗집 사람이라도 얼굴을 모르고 사는 만치 인심이 강박한 곳이라 처음 가는 사람은 참말이지 퍽도 살기 어려운 데란다."

글방 선생님은 아침에 집에서 떠나기 전 명순이에게 일러 주었던 말씀을 다시 한번 되풀이하셨습니다.

명순이는 처음부터 끝까지 자기를 위하여 온갖 정성을 다 베풀어 주시는 선생님의 그 다사로운 애정에 또다시 눈물겨운 감사를 느끼면서 걸음을 빨리하였습니다.

그리하여 그날 오전도 지나기 전에 두 사람은 읍내까지 무사히 도착하였습니다.

"자, 여기가 김화읍이니 이제 조금 있다 전차를 타고 한 시간가량 가면 철원 정거장 앞에 내리게 되는데 거기서 다시 기차를 타면 아주 서울까지 데려다준단다."

글방 선생님은 이렇게 말씀하시며 전차 올 시간이 아직도 먼 것을 보고 가까운 주막으로 명순이를 데리고 들어가 그에게 점심을 사 주셨습니다. 그리고 미리 준비하여 가지고 온 돈 십 원을 명순이에게 내주시며

"내가 웬만하면 조금 더 마련을 하여 줄 것이되 정성이 부족한 것이 아니라 사실 힘이 부족하여 이것밖에는 더 얻지를 못하였구나. 하여간 우선 이것만이라도 가지고 올라가서 쓰다가 정 곤란하거든 조 주사께 말씀하여 나에게 편지를 하여라."

하고 그의 손에다 단단히 쥐어 주셨습니다.

명순이는 대합소에서 잠깐 기다려 선생님이 사 주신 표 (김화서 서울까지의 표)를 받아 간수한 후 차에 올라탔습니다.

"선생님, 안녕히 계셔요. 어느 때나 다시 뵈올는지 모르겠으나 저는 선생님의 말씀을 마음속에 깊이 간직하고 떠나갑니다. 그리하여 아무 때이고 선생님을 기쁘게 하여 드릴 만한 성공을 하여 가지고 다시 돌아올 것을 맹세하옵니다."

"오냐, 부디 편안히 가서 몸 성히 있다가 다시 반갑게 만나자⋯⋯. 그때까지 내가 살아 있기나 할는지 모르겠지만⋯⋯."

이렇게 말씀하시는 선생님의 얼굴에는 한없이 처연한 빛이 떠돌았습니다.

그러나 명순이에게 그런 내색을 안 보이려 고개를 푹 숙이셨습니다. 선생님의 그런 동작이 더욱 명순이의 가슴을 찔렀습니다.

나이는 이제 겨우 쉰하고 둘을 더 넘지 못하셨으나 순전히 어린애들과 동네를 위하여 온갖 정성과 힘을 바쳐 오신 선생님은 그 나이에 비하여 너무나도 일찍이 늙으셨습니다.

머리가 허옇게 세신 것이라든지 허리가 굽으신 것이라든지 모두가 선생님의 뼈아픈 숨은 노력을 가장 분명히 말하여 주는 표적이었습니다.

명순이의 눈에는 또다시 눈물이 고였습니다.

자기의 지금 떠나는 이 길이 원래 한정 없는 터라 친어버이에 지지 않은 그 선생님이 눈을 감으시기 전에 다시 한번 만나 뵈올 기회가 있을까 하는 생각을 하니까 어쩐지 마음이 더욱 안타깝고 슬퍼지는 것입니다.

이리하여 명순이는 선생님과 작별하고 전차로 김화의 서쪽을 약 한 시간가량이나 달려 오후 한 시 오십 분에 철원을 떠나 서울로 향하는 기차에 몸을 실었습니다.

형님을 찾기 위하여 누이와 눈물겨운 작별을 하고 서울에 왔다가 고생만 짓하고[85] 돈 한 푼 없이 다시 발을 돌려 동대문을 나선 철마는 누이만 아니면 그보다 더한 고생과 박해가 있더라도 서울에 있고 싶었으나 누이와 손을 나눈[86] 지가 벌써 한 달—그동안에 편지 한 장 못 하였으니 누이가 얼마나 외롭고 슬프게 지내랴 싶어서 처음에는 걸어서라도 고향을 가려고 하였습니다.

그러나 실제로 나서서 걸어갈 생각을 하니까 앞이 까마득하여 도무지 용기가 나지를 않았습니다.

'어떻게 할까. 다시 돌아서서 하다못해 막벌이라도 하여 며칠 동안 형님의 소재도 더 알아보고 또 차비라도 만

85) 몹시 심하게 겪거나 당하다.
86) 서로 헤어지다.

들어 가지고 떠날까?'

　하는 생각도 하여 보았습니다.

　'그러나 이미 여관 주인에게도 공장에도 또 소년회에도 간다고 모두 작별까지 하였으니 이제 또 무슨 낯을 들고 도로 돌아가랴.'

　하는 생각에 눌려 가다가 못 가고 죽는 한이 있더라도 그냥 떠나기로 하였습니다.

　서울서 김화가 삼백 리—이 머나먼 길을 철마는 걸어가기로 작정하고 걸음을 빨리하였습니다.

　그러다가 청량리 부근까지 와서 우연히 주머니 속에 손을 넣어 본 철마는 깜짝 놀랐습니다.

　그것은 주머니 속에 뜻하지 않았던 돈 이 원이 들어 있는 까닭이었습니다.

　'아—, 이것이 웬일일까?'

　하고 발을 멈추고 서서 아무리 생각을 하여 보아야 까닭 모를 일이었습니다.

　자기가 넣지 않은 돈이 주머니 속에 있다니—철마로서는 풀 수 없는 수수께끼였습니다.

　그러나 그것은 결코 이상스러울 일은 아니었습니다.

　철마가 연건동 소년회를 찾아가 작별을 할 때 그 회 임원 중의 한 사람이 철마 모르게 넌지시 주머니 속에 넣어 주었던 것입니다.

　철마는 비로소 생기를 얻어 가지고 원래의 예정을 변하

여 청량리 정거장으로 달렸습니다.

까닭이야 알든 모르든 하여간 돈이 있으니 한시바삐 내려갈 생각이었습니다. 그리하여 차표를 사 가지고 서울역에서 열한 시 정각에 떠나 그곳을 통과하는 북행 차를 잡아탔습니다.

그러나 이 무슨 악착한 운명의 장난이겠습니까?

철마가 서울서 고향으로 향하는 바로 그날 그 시각에 명순이는 서울을 향하여 김화서 전차를 탔습니다. 그리하여 철마가 청량리를 떠나 정거장 셋(창동-의정부-덕형)을 지나서 동두천역에 와 닿았을 때 명순이는 철원서 남향하여 서울로 향하는 기차에 몸을 실었습니다.

그러나 이 두 남매를 태운 기차는 남의 애끓는 사정도 모르고 꼭 같은 시간에 서로 반대 방향을 향하여 달음질을 쳤습니다.

명순이가 탄 차가 정거장 하나(대광리)를 지나 연천역에 와 닿았을 때 철마를 태운 차도 구 분 늦게 역시 연천역에 와 닿았습니다.

그곳은 북행과 남행 차가 서로 맞갈리는(교차) 특수 지역으로 어느 때나 그 시각이면 그렇게 만나는 곳이었습니다.

그러나 신이 아닌 그들로서 지금 그 차에 자기네가 한없이 그립고 궁금해하는 누이와 동생이 타고 앉아 있는 것을 어떻게 알겠습니까?

낮차요 또 완행차가 되어서 사람이 그리 많지 않았건만 단 한 간통(間通)을 격해 있으면서 이를 전혀 알지 못하고 그대로 다시 엇갈리게 되었습니다. 더구나 명순이는 처음 길인 데다 서울 가서 오빠를 만날 일—철마를 찾을 일—앞으로 살아갈 일—또 행여나 지나칠까 봐 정거장을 닥뜨릴 때마다 손을 꼽아 가며 수를 세기에 다른 일은 생각할 틈이 없었습니다.

철마 역시 집이 차차 가까워지니까 인제는 다른 것보다도 기꺼운 소식을 기다리고 있을 그 누이에게 지나간 일을 무엇이라고 보고하며 착한 누이의 낙망하는 그 애처로운 모양을 어떻게 보나! 하고 그것을 생각하고 걱정하기에 애가 쓰여서 차가 지금 연천을 왔는지 어디를 왔는지도 모르고 앉아 있는 판이었습니다.

이윽고 명순이의 차가 먼저 움직이기 시작하였습니다. 뒤를 이어 철마의 차도 따라 움직였습니다.

이리하여 불쌍한 두 남매는 영영 갈리어지고 또다시 바퀴의 굴러가는 대로 차츰차츰 그 거리가 멀어지게 되었습니다.

명순이가 서울에 와 닿기는 다섯 시 십팔 분! 벌써 해가 지고 전등불이 환하게 들어왔을 때였습니다.

시골구석에서 말로만 듣던 서울! 이야기 속에 용궁과 같이 그립던 서울! 이 서울은 참말 듣던 바와 같이 굉장하였습니다.

하늘을 찌를 듯이 높이 솟은 대건물이라든지 넘어져도 흙 한 점 묻지 않을 만치 깨끗하고도 편편한 땅바닥이라든지 눈이 부시게 찬란한 상점의 진열장이라든지 기타 모든 것이 신비스럽고 놀라웠습니다.

그리고 전차, 자동차, 자전거, 인력거가 거리에 꼬리를 이어서 분주하게 왔다 갔다 하는 것이든지 똑 따서 가지고 싶은 곱다란 오색 전등이 휘황하게 번쩍이는 것이라든지 하여간 하나에서 열까지 모두 눈을 어지럽게 하는 것뿐이었습니다.

명순이는 기차 속에서 사귀었던 부인의 친절한 안내로 전차를 타고 종로를 거쳐 안국동 네거리에 와서 내렸습니다.

거기서 그 부인은 송현동 쪽으로, 또 명순이는 부인이 가르쳐 주는 동쪽 길로 들어서서 선생님이 적어 주신 원동을 찾아 조심스럽게 걸어갔습니다.

보퉁이를 옆에 낀 것이라든지 짚신을 신은 것이라든지 옷맵시가 모두 서울 사람이 보기에는 대단히 어색해 보일 만큼 차린, 이 낯선 나그네를 지나가는 사람들은 무슨 구경거리나 대한 듯이 픽픽 웃고 지나갔습니다.

일부러 그 옆까지 쫓아와서 얼굴을 똑똑히 들여다보는 짓궂은 사람까지 있었습니다.

지나가는 여학생의 한 떼가 그 옆을 지나면서 껄껄거리

며 저희끼리 무엇이라고 수군거렸습니다.

"흥, 시골서 갓 올라온 촌색시로구나."

명순이는 귓결에 이 소리를 들었습니다. 그의 얼굴은 홍당무 빛같이 빨개졌습니다.

그들이 명순이와 같은 탈을 벗은 지가 얼마나 된다고 그런 모욕을 하겠습니까?

명순이는 벌써 이것으로써 서울이 주는 쓰린 경험의 첫 페이지를 표하였습니다.

그는 어느덧 창덕궁(돈화문) 앞까지 이르러 부끄럼을 무릅쓰고 지나가는 어린 학생에게 그 편지를 내어 보이고 길을 물었습니다.

그 학생은 마침 그곳을 가는 길인지 아무 군말 없이 자기를 따라오라고 하였습니다.

그 학생은 명순이를 데리고 얼마 동안을 올라가더니 어느 골목의 모퉁이 집을 가리켰습니다.

명순이는 고맙다는 인사로 고개를 약간 숙여 예를 하고 그 집 문 앞으로 갔습니다.

그러나 처음 오는 남의 집에를 불쑥 들어갈 수도 없어 무엇이라도 찾긴 찾아야겠는데 서울 법식을 모르는 그는 당황하지 않을 수 없었습니다.

또 그렇다고 그냥 그곳에서 있기도 좀 멋쩍어 같지 않은 일에 홀로 애를 쓰고 있는데 마침 그 집 행랑어멈이 무엇을 사러 나오다가 명순이와 마주쳤습니다.

• 일제 강점기 돈화문(경성대관엽서)(독립기념관)
• 일제 강점기 돈화문(엽서)(독립기념관)
• 일제 강점기 돈화문(조선명궁엽서)(독립기념관)

"여보세요, 이 댁이 저, 조 주사 댁입니까?"

행랑어멈은 그의 아래위를 한번 훑어보더니

"무어? 조 주사 댁?"

하고 재차[87] 물었습니다.

"예?"

"이 댁 주인어른은 조씨가 아닌……데, 대관절 어디서 왔소."

"예, 저, 강원도 김화서 왔어요."

명순이는 그하고 길게 이야기한댔자 별 필요가 없겠으니까 얼른 가지고 있던 편지를 내어 주었습니다.

"이것을 주인께 전하여 주세요."

행랑어멈은 더 묻지 않고 그 편지를 가지고 안으로 들어갔습니다.

명순이는 행랑어멈의

"이 댁 주인은 조씨가 아닌데."

란 말이 아무래도 마음에 걸렸습니다.

'정말 그이의 말과 같이 만약 이 집이 아니면 어쩌나.'

하는 불안에 마음이 죄었습니다. 얼마 만에 행랑어멈은 편지를 도로 가지고 왔습니다.

"이이는 벌써 한 달도 전에 다른 데로 이사를 갔다는데……."

"예, 이사를 가요!"

87) 다시. 또다시

명순이는 그의 말에 그만 주저앉을 듯이 놀랐습니다.

"어디로 떠났나요?"

그의 말소리는 떨렸습니다.

"글쎄, 어디로 떠났는지 그것도 모른다는데⋯⋯."

명순이는 그만 절망하였습니다. 태산같이 믿고 왔던 집이 간 곳조차 모른다니 친척도 없고 아는 사람도 없는 이 서울 바닥에서 명순이의 갈 곳이 어디 있겠습니까?

(다음은 이 책을 저작하는 정홍교 선생이 씀.)

서울 조 주사란 이에게만 가면 어떻게든지 노마 오빠와 나어린 동생 설마를 만나 볼 수가 있을 터이시, 그리하여 가엾은 우리 삼 남매가 서로 만나서 지금까지 지내 온 이야기를 하며 다시금 김화로 와 살든지 그렇지 않으면 이 서울이라는 곳에서 살든지 좌우간 하리라 생각하고……시골 글방 선생님이 적어 주신 조 주사 댁의 주소를 비록 실낱같으나마 앞길을 열어(개척) 줄 행운의 길로 여기며 곱게 곱게 간수하여 치마 속주머니에다 넣으면 혹시나 잃어버리지나 않을까 하는 염려로 손수건에다가 싼 그대로 한편 손에 쥐고 한편 손으로는 정거장만 손꼽아 헤며 이곳까지 서투른 서울의 길을 물어 가며 간신히 찾아와 보니 조 주사 집은 벌써 떠났다는 행랑어멈의 빈정거리는 대답에는 이곳이 서울인지 자기 고향인 김화인지도 헤아리기가 어려울 만치 정신이 아뜩하였습니다.

이 사정을 아는지 모르는지 서울의 천지는 점점 어두워 가서 넋 잃은 명순이가 서 있는 누른 짚신까지 꺼멓게 물들여 놓았으며 첫겨울 늦어 가는 쌀쌀한 바람은 명순이의 귀밑을 스치며 어디로인지 좌 하고 지나갈 뿐이었습니다.

그리고 이 바람결에 행랑어멈이 문간에 걸려 있는 옹솥[88]에 누렇게 타 붙은 누룽지를 밑바닥이 빠져라 긁는 소리가 귀가 아플 만치 쨍쨍 들려왔으며 검은 화로 가장자리에서 부글부글 끓는 된장 냄새가 코를 찔렀습니다. 그

88) 작고 오목한 솥

리고 어디서인지 자기가 살던 고향의 학교에서 듣던 풍금[89] 소리와 같으면서도 다른 소리(피아노 소리)에 맞추어 노래 부르는 어린아이의 가냘픈 목소리가 들려왔습니다.

푸른 하늘 은하수 하얀 쪽배에
계수나무 한 나무 토끼 한 마리
돛대도 아니 달고 삿대도 없이
가기도 잘도 간다 서쪽 나라로

은하수를 지나서 구름 나라로
구름 나라 지나서 어디로 가나
멀리서 반짝반짝 비쳐 있는 곳
샛별이 등대란다 길을 찾아라

침묵과 침묵에 싸여 마치 정신병자와 같이 서 있던 명순이는 눈을 비비며 하늘을 쳐다보니 캄캄한 밤이지만 땅 위에 있는 집이 다 타 버리는 것과 같이 불빛(화광)이 넓고 넓은 하늘에까지 환하였으며 드문드문 반짝이는 별은 명순이를 동정하는 것과 같이 내려다보며 반짝거리고 있었습니다.

'나의 갈 길은 어디일까. 믿고 바라고 왔던 집은 떠났다니 찾을 수 없고 그렇다면 찾아온 집이니 염치를 돌아보

89) 페달을 밟아서 바람을 넣어 소리를 내는 건반 악기

지 않고 이 집에서라도 오늘 밤만을 재워 달라고 할까. 그
것도 도저히 할 수 없다. 나의 집에서 이웃 농네의 농부네
집을 갔다가 삼경[90]이라도 그 집에서 자지를 않고 오던
내가 막다른 이곳이라 하더라도 입이 떨어질 수가 없다.
만일 말을 하여 본다 하더라도 듣지를 않으면 나의 모양
이 무엇이 될까. 그렇다고 이 추운 밤에 남의 집 처마 밑에
서 잘 수도 없고 만일 자다가 얼어 죽는다면 이곳까지 찾
아와 사랑하는 오빠도 동생 철마도 만나 보지 못할 것이
니 그것도 할 수 없고, 이 일을 장차 어찌하면 좋을까. 왜
나의 앞에는 길을 찾을 등대라는 것도 보이지 않을까. 이
런 때에 오빠든지 철마든지 등 뒤에 와서, 네가 웬일이냐?
누님, 이것이 웬일이시오? 하고 하였으면…….'

　이런 빈 생각에 파묻힌 명순이는 알지 못하는 사이에 눈
물이 옷자락을 적시며 땅 위에 소리 없이 떨어졌습니다.
명순이는 떨어진 눈물 자국을 밟으며 한 걸음 두 걸음 방
향을 정치 못한 서울의 길로 무거운 발걸음을 내딛기 시
작하였습니다.

　명순이가 발자국을 옮길 때마다 명순이의 머리 위에 떠
도는 거친 생각은 한 둘레 두 둘레 감겨 몇십 둘레가 되었
고 머리가 누거워져서 내리누름인지 가슴이 답답하고 짚
신 뒤에 백 근짜리 쇠뭉치나 달린 듯이 발길을 떼어 놓기
가 어려웠습니다. 큰 길거리라 설움을 참아 가며 수심에

90) 밤 열한 시에서 새벽 한 시 사이

싸인 명순이는 그만 북받치는 울분한 마음에

'어머니! 아버지! 왜 일찍이 돌아가셨어요? 어머니의 연세는 몇이시며 아버지의 연세는 얼마이십니까? 지금이 한창 일하실 때가 아닙니까. 그리고 아버지 어머니가 계시면 저희 삼 남매가 이 모양은 안 되었겠지요! 그 원수 놈의 돈—그리고 땅이 없어서…….'

명순이의 눈에서는 앞을 헤아리기가 어렵게 캄캄한 가운데 눈물만이 죽죽 떨어졌습니다.

소매를 들어 눈물을 씻으며

'돌아가신 영혼이나마 할 수 없이 정든 따뜻한 고향을 떠나 길거리에서 헤매고 있는 이 가엾은 당신네 딸과 아들인 세 남매를 한곳에 모아 주십시오. 아니, 이 명순이를 한시라도 속히 오빠와 철마가 있는 곳에 가도록 하여 주십시오! 어머니, 아버지, 오빠는 어디 계시며 철마는 지금 어디 있습니까?'

이렇게 부르짖으며 돌아가신 어머니와 아버지를 번갈아 생각하며 명순이의 발길은 창덕궁 옆을 거쳐 오던 길을 찾아 재동(齋洞) 네거리를 밟게 되었습니다.

아침밥도 잘 먹지 못하고 점심도 어름어름 넘긴 명순이는 배가 몹시도 고팠지만 오늘의 일을 어떻게 하면 좋을까 하는 생각에 배고픈 것도 다 잊어버리고 앞만 바라보고 발길이 떨어지는 대로 걸어갔습니다.

남자만 같으면 아무 데서라도 오늘 밤만은 자고 밝는

날에 어떻게 하든지 하겠지만 여자의 몸이라 그것도 할 수 없고 김화인 자기 고향에서도 아버지와 어머니가 살아 계실 때 간혹 아버지나 어머니를 따라 장날을 당하여 읍 같은 데를 가더라도 어릿어릿하던 명순이가 하물며 요란한 서울의 거리를 헤매게 되매 마음은 그저 막막할 뿐이었습니다.

길거리로 지나가는 어린 학생만 보면 혹시 저 아이가 철마가 아닌가 하고 몇 번씩 쳐다보았으며 어떤 아이에게는

"철마야? 철마야?"

불러보기도 할 때에 그 아이는

"아니, 이 색시가 미쳤나. 철마가 무슨 철마야. 목마도 아닐세."

하고 빈정거리는 바람에 그만 얼굴이 붉어지며 고개를 숙일 때 명순이의 가슴은 터지는 것 같았으며 눈물은 더욱 쏟아졌습니다.

'오빠! 아버지나 어머니가 돌아가셨다 할지라도 오빠만 집에 계셨던들 철마도 서울에를 오지 않았을 것이며 이 명순이도 이 꼴 이 모양으로 잘 곳이 없어 서울의 거리를 헤매는 명순이도 되지 않았을 것이올시다. 왜 떠날 때에 어디를 가시겠다고 한마디 말씀도 못 하여 주셨어요! 잠든 저희 남매를 그대로 두시고 서울을 거쳐 북쪽 나라로 온 조선 사람의 새로운 건설을 위하여 떠나지 않으면 안 되겠다는 한 장의 편지를 남겨 두고 홀홀히 집을 떠나셨으

니 저희 어린 남매는 어찌하란 말씀입니까? 조선을 위하여 일하려고 떠나신 오빠를 찾아다니는 저희가 잘못이겠지요. 그러나 한편으로는 아무 말씀도 없이 떠나신 오빠를 원망 아니 할 수 없습니다. 오빠ー, 고향을 떠나 서울에 올라온 명순이도 철마를 찾아 가지고 오빠가 하는 일에 만 분의 일이라도 돕겠습니다.'

이렇게 혼자서 한편으로 오빠를 원망하며 한편으로는 큰 뜻을 두어 오빠를 돕겠다고 생각하였지만 당장에 닥쳐오는 오늘 밤의 일을 생각하니 명순이의 마음은 미칠 듯하였습니다. 치마 속주머니에는 글방 선생님이 주신 십원짜리 지폐 한 장에서 서울까지 오는 차표 값만 제하고 그대로 돈이 남았지만, 어디를 들어가서 다리라도 좀 쉬고 시장함도 면하고 싶었지만, 어디서 무엇을 파는지도 모를 뿐 아니라 파는 곳을 안다 하더라도 무엇을 팔며 한 그릇에 얼마 가량이나 하는지ー그리고 여자도 들어가서 먹는지 하는 생각에 누구에게라도 물을 생각을 못 하였으며 시골 시장에 갔다가 늦으면 가끔 주막에서 자고 왔다는 아버지 말씀이 언뜻 머릿속에 떠돌 때 그러면 이 서울에도 주막이 있겠지, 누구에게 주막을 물어서 그곳에서라도 하룻밤을 새울까? 그러나 주막에도 여자를 재우는지 하는 생각에 이것저것 아무것도 결정을 하지 못하고 무거운 다리만이 힘없이 움직이는 대로 명순이는 자기도 모르게 자기의 몸을 움직이고 있었습니다. 우연히 생각난 것은 기차 속에서 인사한 부인—그리고 원동 조 주사 집까지 친절히 가르쳐 주며 혹시 틈이 있으면 가끔 놀러 오라고 주소를 적어 주던 송현동 ○○번지의 곽씨 부인의 집이었습니다. 명순이는 죽었다 살아난 사람과 같이 정신이 들며

'갈 곳은 그곳밖에 없다. 그곳에 가서 곽씨 부인께 사정을 말하고 이 몸을 의탁하여 가지고 철마도 찾고 노마 오빠도 찾아야 되겠다.'

생각하고 전차에서 내리던 곳에서 어떤 부인에게 송현동을 물어 가득한 희망을 품고 곽씨 부인의 집을 찾아서 점점 어두워져 가는 검정막을 뚫으며 발길을 재촉하였습니다.

형님 노마를 찾고자 서울에 와서 철공장의 직공으로 있으며 시간만 파하면 이곳저곳으로 서울의 천지를 형님을 찾고자 근 한 달이나 헤매었으나 목적을 이루지 못하고 다시금 김화에 있는 명순 누님이나 만난 후에 새로운 길을 정하겠다고 고향을 바라보며 기차간에 몸을 실은 철마는 고생하고 있는 명순 누님의 모양이며 동무들의 얼굴을 번갈아 생각하며 누님이 같은 날 서울에 올라오는 것도 모르고 오후 녁 점[91] 칠 분에 철원에 내렸습니다.

한 달 전 이 정거장의 손님이 되어 서울을 바라고 떠나

91) 시간을 세는 단위. 시

던 철마는 푸른 조끼 흰 저고리 검정 바지에 거무스름한 고무신에다가 공보(公普)의 교표가 붙은 흰 학생 모자를 썼던 바, 오늘에 다시금 이 정거장에 내리게 된 철마는 과연 얼마나 달랐을까! 머리에는 알록알록한 캡을 쓰고 몸에는 푸르스름한 노동복(공장에서 일할 적에 입던 옷)을 입고 발에 검정 운동화를 신었으니 한 달 전 철마와 한 달 후의 철마가 우선 언뜻 보이는 옷부터 얼마나 달라졌음을 알 것이며, 따라서 그의 생각은 말할 수 없이 달라졌음을 누구든지 미루어 생각할 수 있게 되었습니다.

정거장 대합실에 들어선 철마가 우선 금강구행(金剛口行) 전기차의 차 시간을 쳐다보니 아직도 이십오 분이나 넉넉히 남은 네 시 삼십오 분발 마지막 차가 있었습니다.

걸상에 걸어앉은 철마가 한 달 남짓한 서울의 살림살이를 생각할 때 먼저 머리 위에 떠도는 것은 연건동 조선소년회에 계신 여러 선생님이 친절하게 지도하여 주시던 은혜며, 철공장에 들어가던 첫날로 불쌍한 노인에게 물을 떠 주었다고 험상스럽게 생긴 공장 감독의 무지한 손바닥으로 불이 나도록 뺨을 맞던 일이며, 한 달 동안이나마 한 공장 한자리에서 친절히 지내던 길남이의 얼굴이며, 그리고 지금 이 시간에도 그 노인과 길남이는 시꺼먼 쇠몽치를 불 속에 넣어서 빨갛게 달구고 있을 모양이며, 자기가 한 달 동안 힘써 일하여 번 것이 밥값도 되지 못하는 삼 원이라는 생각이 꼬리에 꼬리를 따라서 풀려 나오게 되며 이곳까지, 즉 하소리까지 가게 된 노비[92]가 양복 호주머니에 들어 있던 것이 아무리 생각하여도 알 수 없는 수수께끼였습니다.

'연건동 조선소년회의 회원들이 나 모르게 슬그머니 넣어 준 것이 아닌가? 그러면 한 장의 편지라도 있을 터인데.'

이렇게 생각할 즈음 푸른 옷 입은 역부가

"금강행이오. 금강행이오."

하고 외는[93] 소리에 지나간 짤막한 역사(歷史)를 묵묵히 생각하던 철마는 깜짝 놀라 여러 사람 틈에 끼어서 하소역까지 가는 표를 사 가지고 전기차 한 모퉁이에 자리를 잡고 앉은 승객이 되었습니다. 명순 누님이 있는 이모집을 가려면 하소리를 거쳐 육십 리나 더 가야 하므로 어찌하든 고향인 하소리를 먼저 들르기로 작정하였습니다.

네 시 삼십오 분이 되자 "따르르—" 하는 신호(信號)의 종소리와 아울러

"라무네[94], 사이다, 벤또."

하고 시끄럽게 외는 소리가 끝나며 철마를 실은 기차는 "빠—" 소리치며 금강구를 바라고 한 바퀴 두 바퀴 구르기 시작하였습니다. 차 속에는 조선에서뿐 아니라 세계에서 이름이 높은 금강산으로 놀러 가는 사람이 많았습니

92) 먼 길을 떠나 오가는 데 드는 비용
93) 같은 말을 되풀이하다.
94) 탄산음료인 레모네이드의 일본 말

다. 배가 불룩하고 몸집이 커다란 사오십씩이나 들어 보이는 사람들이 앳된 여자를 옆에 앉히고, 그 앞에는 심부름꾼 같은 사람이 잎사귀 채 둘둘 만 궐련95)에다가 불을 켜서 바치는 꼴들이며, 또 한편에는 젊은 신사와 머리 튼 여학생이 언제인가 서울에서 본 바이올린과 만돌린에 맞추어 노래하는 꼴이 번갈아 보이는 그사이에 보따리에서 며칠이나 두고 먹던 것인지 돌같이 단단하게 보이는 수수떡을 어린아이들에게 돌라 주며96) 두 부부도 한 조각 두 조각 뚝뚝 떼어 먹는 정경도 뵙니다. 그들은 어린아이나 어른 할 것 없이 몸에는 누더기로 더덕더덕 기워 입었는데 어디인지 살러 갔다가 살지 못하고 다시금 고향으로 돌아오는 모양으로 보였습니다.

이것을 번갈아 가며 살펴보던 철마는 이상한 감정이 복받치며 공장 감독과 그 불쌍한 노인이 다시금 생각이 나며 노마 형님이 땅 주인 한창신이를 좀 때렸다고 이 주일 동안이나 경찰서 유치장 속에 갇혔던 생각이며, 명호 녀석이 돈 좀 있다고 자신의 옷에서 이가 나온다고 비웃으며 때리던 생각, 그리고 우리의 동무 유신소년회의 회원 만석이, 수득이, 명석이가 한 덩이가 되어 젠체하던97) 명호를 때려 주던 생각을 하니 퍽도 통쾌하여 스스로 빙그

95) 얇은 종이로 가늘고 길게 말아 놓은 담배
96) 몫몫으로 나누어 돌리다.
97) 잘난 체하다.

레 웃었습니다. 그러나 눈앞에 보이는 배불뚝이와 가난한 한 가족의 곤궁한 참경을 볼 때에 그의 마음속엔 무엇인가 용광로와 같이 끓어오르는 것이 있었습니다. 그래서 그는 이렇게 혼자 중얼거렸습니다.

"왜 우리는 구차할까, 같은 사람으로서……."

이런 여러 가지 생각에 파묻혀 있는 동안 기차는 벌써 하소역에 다다랐습니다. 그리하여 창밖에서는 역부가

"하소! 하소!"

하고 외치는 바람에 철마는 깜짝 놀라 허둥지둥 뛰어내렸습니다.

정거장 문밖을 나서니 시계는 육 점 이 분을 가리키고 있었고 누른 황금 지붕 위에는 검은 칠을 하기 시작하였습니다. 그리고 드문드문 반짝이는 별과 같이 오막살이 뒤 창으로 비치는 등잔불들이 반짝였으며, 저녁연기는 어두워 가는 동서남북 네 들(四野)에 자욱이 덮여 있었으며 그 사이로 부잣집에다 일 년 동안 농사지은 쌀을 거진 다 갖다주고 돌아오는지 암소 잔등이 위에 빈 가마니만 몇 개 얹고 수심이 만면하여 돌아오는 사람들이 성큼성큼[98] 있었으며, 온종일 솔밭 속에 들어가서 굵은 솔잎을 한 지게 잔뜩 하여 가지고 돌아가며 작대기 치며 노래하는 아이들도 있었습니다. 이 노래하는 바람에 놀란 이 집 저 집 개(犬)들의 "멍멍" 짖는 소리는 나그네의 발길을 더욱 재

98) 문맥상 '드문드문'의 의미로 추정됨.

촉하였습니다.

이곳에서도 철마의 집이 있던 곳은 오 리나 남아 있었습니다.

철마는 한 달 남짓한 서울의 살림살이였지만 몇 해 만에 돌아오는 것 같았습니다.

철마는 캡을 푹 눌러쓰고 운동화를 단단히 맨 후 걸음을 빨리하여 어둠을 헤치며 유신소년회에서 날마다 같이 놀던 동무들이 있는 자기 고향을 바라보고 걸었습니다.

그러나 철마는 고향이라고 간다 하더라도 남과 같이 따뜻이 맞아 줄 사람은 없었습니다. 아버지와 어머니는 물론 노마 형님은 이 땅을 떠난 지 오래였고 명순 누님은 이모 집에 가서 있으며 그리고 집까지 없으매 고향이라고 들어간대야 남의 집 신세를 지지 않으면 안 될 처지였습니다.

일곱 점가량이나 되어서 철마는 하소리에 다다랐습니다. 동네 한복판에 있는 우물은 여전히 물이 청청히 괴어 있으며 몇백 년 묵은 홰나무는 그때 그대로 울울한 빛을 어둠 속에 보이고 있었습니다.

한번 자기 동네를 돌라본 철마는 알지 못하는 사이에 두 눈에서 눈물이 가득히 떨어졌습니다. 그리고 자기 집을 바라볼 때 고생하시다 돌아가신 아버지와 어머니의 모양이 똑똑히 눈앞에 나타났습니다. 명순 누님이 어머니를 대신하여 집안 식구의 먹을 양식을 보태기 위하여 돈 있는, 땅 있는 집 사람들의 입고 더럽힌 빨래를 하던 모양이며, 노마 형님이 나무를 해 지고 들어오던 모양이 눈앞에 번갈아 가며 나타났습니다. 이런 때 철마는 샘물같이 솟아오르는 슬픔을 못 이기어 그만 한걸음에 자기가 살던 집 대문 밖으로 뛰어가서 싸리문 기둥을 붙잡고 소리 없이 울었습니다.

'어머니 아버지! 철마가 이곳에 와서 있습니다. 왜 반가이 맞아 주지 않습니까. 아버지 어머니! 잡수실 것도 마음대로 잡수시지 못하고 거둬 주어 기르시던 철마가 문 앞에 와서 있습니다.'

하며 서서 있을 때 알지 못하는 개는 도적이나 아닌가 하고 "멍멍" 짖고 내달았습니다. 여기에 응한 동네 개들은 여기저기서 멍멍대었습니다. 내닫는 개를 보니 그 개는 자기가 항상 사랑하며 학교에도 같이 데리고 다니던 바둑이었습니다. 철마는 소맷자락으로 눈물을 씻으며 한 손으로 캡을 벗고

"바둑아! 바둑아! 나를 벌써 잊었니! 아무리 동물이기로 너를 사랑하던 철마를 모른단 말이냐. 짖지 마라, 짖지 마라. 내다! 내야!"

하며 예전에 부르던 신호로 불렀습니다. 멍멍 짖던 바둑이도 저를 부르는 소리가 귀에 익어서 슬금슬금 와서 컴컴한 가운데에서도 슬그머니 철마를 쳐다보더니 꽁지를 치며 올랐습니다. 그때에 철마는 바둑이의 머리를 꼭

껴안고

"바둑아! 그동안 잘 있었니?"

하며 쓰다듬어 주고 있을 때 그 안으로부터 부인 한 분이 나오다가

"아니, 웬 개 도적놈이야!"

하고 철마의 등덜미를 쥐어 일으키며

"요 녀석아, 남의 개는 왜 데리고 가려고 해. 글쎄, 요놈아!"

"아니야요. 저는 개 도적이 아니라 철마올시다. 저를 모르십니까?"

"무엇, 철마!"

하고 보던 부인은

"아이고. 네가 이것이 웬일이냐? 서울 있는 철마가······ 거짓말은 삼가야 해!"

하며 안을 향하여

"똘똘 아버지, 서울 있던 철마가 왔구려!"

하며 소리치며 들어가자고 하였습니다.

"아니올시다, 누구를 좀 만나 봐야 되겠습니다."

하고 일어서서 친하게 지내던 동무의 집으로 찾아갔습니다.

철마의 발길은 날마다 눈이 오나 비가 오나 한가지로 손목을 잡고 어깨동무하여 학교에 다니며 무슨 일이든지 서로 의논하고 지내던 명석이의 집으로 향하였습니다. 명

석이는 위로 할아버지가 계시며 아버지와 어머니가 계셨으며 아래로는 아무도 없는 하나뿐인 외아들이었습니다.

명석이는 그날 학교에서 배운 산술이며 이과 등을 열심히 복습하고 있으려니까 똘똘이 어머니의 "철마가 왔구려" 하고 외치는 소리가 멀리 들리므로

'그러면 서울 가 있는 철마란 말인가. 철마가 벌써 올 리는 없을 터인데?'

하고 한편으로 의아하게 생각하며, 그래도 철마란 말만 들어도 반가워서 읽던 책을 덮어 치우고 뛰어나오는 중에 철마와 중간에서 만나게 되었던 것입니다.

그러나 처음에는 그렇게 낯익지 못한 철마의 입은 의복이 달라서 혹시 다른 아이나 아닌가 하고 먼저 달려들지 못할 때에

"명석이냐?"

하고 철마가 소리치며 달려들었습니다. 그때에야

"응, 철마냐! 언제 내려왔니."

하고 명석이 또한 달려들어 철마와 명석이는 뜨겁게 악수를 하였습니다.

고요한 저녁의 거리는 한참 동안 "솨솨" 바람 소리만 나는 침묵만을 거듭하였습니다.

"철마야, 어서 집으로 가자. 온종일 기차를 타고 오느라고 몸도 곤할 것이며 배인들 오죽 고프겠니?"

하며 명석이는 철마의 손목을 붙잡고 자기 집으로 갔습

니다.

"어머니, 서울 갔던 철마가 왔어요."

하며 안마당으로 들어가니 명석이의 어머니는

"무엇이야? 철마가 왔어!"

하며 문을 열며 나오셔서

"어서 들어오너라, 어서 들어와."

철마는 썼던 캡을 벗고 절하였습니다. 그리하여 명석이 할아버지께도 아버지께도 차례차례로 절을 하였습니다.

저녁밥이 끝나자 만석이 수득이며 그 외 대여섯 명의 동무가 명석이의 집으로 몰려왔습니다.

똘똘이 어머니가 만석이에게 철마가 왔다고 전하여 주었으므로, 만석이는 이 집 저 집으로 돌아다니며

"철마가 왔단다, 철마가 왔어."

하며 동무들을 모아 가지고 온 것이었습니다.

방 안에 빽빽이 들어앉은 동무 전부가 그 동네에 있는 유신소년회 회원이었습니다. 무슨 정기 총회나 열린 것 같았습니다. 수선쟁이 수득이는 눈을 슬슬 굴리며

"얘, 이 녀석 멋쟁이로구나. 한 달 동안 아주 하이칼라가 되었구나."

하며 철마의 입은 양복을 만져 보았습니다. 만석이는

"왜, 양복이 탐이 나니. 목구멍으로 침 넘어가는 소리가 꿀꺽꿀꺽 들리는구나. 우리 철마에게 서울 이야기나 들어 보자! 다들 어떠하냐?"

일동은

"참 좋다."

하고 동네가 떠나가도록 손뼉을 쳤습니다.

"그래, 철마야, 종로에 있는 종각의 창살이 몇 개나 되던?"

하고 묻는 것은 그전에 어른들이 서울 갔다 온 사람에게는 종각 창살을 묻는 것이라는 말을 들은 명석이의 물음이었습니다.

"그건 알 수 없는데 서울에 갔다 하여도 한 달 동안 어찌나 바쁘게 지내었는지 몰라. 그래서 구경도 잘 다니지 못하였단다."

"무엇을 하기에 그렇게 바빴단 말이냐?"

"한 것은 별로 없지만 첫째로 내가 입은 이 옷을 너희가 아니?"

"몰라, 그래 무슨 옷이야?"

"이것은 공장에 다닐 적에 입던 옷이란다. 나는 그동안 공장에 직공으로 있었단다."

하며 철마는 처음 올라가서 어디가 어디인지 몰라서 허둥지둥하다가 전차에 치이던 이야기며, 연건동 조선소년회의 지도를 받던 일이며, 공장에 들어가서 뺨 맞던 이야기며, 공장 생활이 참혹하다는 이야기를 일일이 말하였습니다. 여러 아이는 정신없이 철마의 입만 쳐다보며 철마가 전차에 치였다는 소리에 "앗" 하며 공장 감독의 무지함

에는 주먹들을 부르쥘 때 수득이는

"그저 그놈을."

하고 일어나기도 하였습니다.

말을 끝낸 철마는 내일은 누님을 찾아서 이모 집으로 가겠다는 이야기까지 끝에 달아 말하였습니다.

이 말을 들은 명석이는 이상한 낯빛을 띠며

"아니, 그런데 명순 누나를 서울서 못 만났단 말이야?"

"서울이라니, 누님이 왜 서울 가서 있나? 지금 이모 집에 있는데."

"그러면 철마는 모르는구나."

하고 명석이는 명순 누나에 대해 자세히 말하였습니다. 이 말을 들은 철마는 별안간에 큰 산 덩어리가 내리누르는 것과 같이 앞이 캄캄하였습니다.

"그러면 명순 누나가 어느 날 떠났단 말이냐?"

"오늘 아침에 글방 선생님과 같이 떠났단다."

"그러면 글방 선생님도 서울까지 같이 가셨어?"

"그것은 알 수 없지만 김화까지 같이 가신다고 하셨으니까."

이 말을 들은 철마는 한참 동안 무엇인지 생각하다가

"명석아, 내 지금 좀 선생님께 다녀오마."

하고 캡을 들고 벌떡 일어섰습니다. 여러 아이가 다만 철마가 일어서는 것만 쳐다보고 앉아 있을 때에 명석이는 철마의 손목을 붙잡으며

• 서울 종로 보신각 정면(국립중앙박물관)
• 대한제국기 보신각 앞(독립기념관)
• 1899년 보신각 모습(국립중앙박물관)

"철마야, 너무 급하게 그러지 말아라. 지금이 어느 때인 줄 아니. 아마도 자정은 넘었을 것이다. 초저녁잠이 많으신 선생님께서 지금까지 아니 주무실 리가 만무하다. 이왕 일이 이렇게 되었으니 내일 아침에 선생님을 찾아뵈옵는 것이 좋을 것 같다. 지금 가면 명순 누나를 곧 찾을 수 있니? 철마, 너도 좀 몸을 쉬어야지!"

명석이의 말이 떨어지자마자 수득이는

"그렇고말고, 우물에 가서 숭늉 달라겠니! 어서 옷 벗고 자거라."

여러 동무도 일제히

"명석이 말과 수득이 말이 옳다."

하고 철마도 밤이 너무 늦었으므로 내일 아침에 찾아가는 것이 옳다고 생각하였습니다. 여러 동무가 다 돌아간 후 철마와 명석이는 깜박거리는 등잔불을 끄고 한 이불 속에 드러누웠습니다.

명석이는 자리에 눕자마자 쿨쿨 코를 골고 잠이 들었지만 철마는 더욱더욱 눈이 말똥말똥하여지며 누나에 대한 생각으로 잠을 이루지 못하였습니다.

'동네 밖에라고는 나가 보지 못하던 누나가 할 수 없이 이모님 댁으로 간 것이 평생 처음으로 먼 길을 걸은 것인데 서울을 가다니. 기차에 몸을 실으면 가기는 가지만 서울에 내린 누나가 갈 곳을 모르고 헤매다가 나 모양으로 전차에나 치이면 어찌하나.'

하고 생각하는 철마의 눈앞에는 서울의 거리가 여기저기 나타나며 누나가 보따리를 옆에 끼고 갈 곳을 모르고 헤매다가 전차에 치이자 여러 사람이

"사람 치였다."

하고 와 몰려드는 모양이 눈앞에 선하게 나타났습니다. 이런 모양에 아무 생각 없이 파묻히던 철마는 별안간에

"앗―, 누님."

하고 소리를 쳤습니다. 옆에서 곤히 자던 명석이는 그만 깜짝 놀라 벌떡 일어나며

"얘가 왜 이래, 잠꼬대를 하나."

하고 철마를 흔들며

"철마야! 철마야!"

하고 불렀습니다.

"아니다, 명석아, 너무 미안하다. 괜찮으니까 어서 자거라."

하며 철마는 명석이를 자리에 누이며

"나도 인제는 잘 터이니 어서 자자."

하고 한가지로 이불을 뒤집어썼습니다.

이튿날 아침 철마는 글방 선생님을 찾아갔습니다.

"너, 언제 왔니?"

"어제 내려왔습니다."

"네 누이가 어저께 떠난 것을 아니?"

"모릅니다. 어젯밤에 명석이에게서 좀 이야기를 듣고 선생님께 곧 오고 싶었지만 밤이 너무 늦었으므로 지금에야 선생님을 뵈러 왔습니다. 선생님, 누이가 어떻게 서울을 가게 되었습니까?"

"네 형 녀석이 나쁜 녀석이야. 어린 동생들을 남겨 두고 어디를 가다니. 여러 사람을 위하여 일하는 것도 좋지만 철딱서니 없는 저것들을 두고 가다니……. 그러나 그것도 할 수 없는 일이야. 큰일을 하는 사람은 집안을 돌아다볼 수 없는 것이니."

이렇게 철마가 묻는 말에 얼토당토않게 혼자서 말씀하시던 선생님은 길게 한숨을 내쉬고

"너도 만나고 노마도 만나겠다고 떠났단다. 이모 집에서 나에게 온 것은 엊그저께 저녁때인데 이모 집에서 견딜 수가 없다 하며, 더욱이나 나이 어린 네가 서울에 한번 간 후 소식도 없고, 이모 집에서 하는 말은 노마가 경찰서에 잡혔다고 하여서 어떻게 하든지 서울을 가겠다고 하니, 난들 자꾸 가겠다는 사람을 몇 번 말렸지만 어찌하니. 그래서 어제 아침 차를 타고 김화에서 떠나도록 하였다."

선생님의 말씀을 들은 철마는 편지 한 장 못 한 자기를 원망하며 이모 집에서 누나가 얼마나 고생을 하였으며, 이모님 내외분이 얼마나 몹시 구셨기에 누나가 그 집을 떠났을꼬 생각을 하니 솟아오르는 슬픔을 참을 수가 없었으며, 한편으로 굳은 주먹을 쥐었습니다.

'우리는 왜 부모가 없고 의지할 곳 없이 길거리에 헤매는 사람이 되었나.'

더욱이 철마의 가슴을 찌르게 하는 것은 선생님 말씀에 명순 누나가 이모 집에서 오빠가 경찰서에 잡혔다는 말을 들었다는 것이었습니다. 형을 찾으려고 한 달 넘게 서울 천지를 헤매며 조선소년회 선생에게도 부탁하여 이곳저곳으로 탐문하였으나[99] 도저히 만날 길이 막연하여서 누이나 만나 보겠다고 이곳까지 온 것이, 와서 보니 만나러 온 누나는 같은 날에 서울을 향하여 떠나 내려가는 기차에 엇갈리어 서울의 길을 떠났으며, 들리느니 형님은 경찰서에 잡혔다는 소식이라, 이곳까지 오겠다고 생각한 자기의 머리를 기둥에라도 마음껏 두드리고 싶을 만치 답답한 마음을 진정하지 못하였습니다.

"선생님, 그러면 형이 어디서 무엇을 하다가 어디서 붙잡혔을까요? 그리고 제 누이가 일갓집도 없고 아는 사람의 집도 없는 넓은 서울에 가면 어디를 간다고 선생님께 말씀을 드리지 않았어요?"

"난들 네 형에 대하여는 어디 가서 있다 잡혔는지 알겠냐마는 명순이가 이모 댁에서 신문에 서울 경찰서에 잡혔다는 기사가 났더라고 말씀하시더라 하며 서울 가는 대로 만나 보겠다고 하기에 알 뿐이다……."

이 말을 들은 철마는 서울 경찰서에 잡혔으면 나도 알

---

99) 사실이나 소식을 알아내기 위하여 더듬어 찾아 묻다.

터인데, 더욱이나 신문에까지 났다면…… 아마 이모 집에서 잘못 알지 않았나 생각하고 있을 때에 선생님의 말씀은 다시금 계속되어 기다란 담뱃대에 한 모금의 담배 연기를 피우시며

"그리고 네 누이 명순이로 말하면 서울만 가면 노마는 경찰서에 가서 만나 보고 너도 찾을 수 있다고 생각하기에 그렇지 않음을 누누이 말하여 주고 생각다 못하여 내가 그전에 친하게 지내던 서울 원동 사시는 조 주사 집으로 한 장의 편지를 적어 주고 서울 가는 대로 그 집에서 부치어 있도록 하였다."

하시며 다시금 말씀을 이어

"철마야, 너는 서울서 무엇을 하였느냐? 그리고 네 형이 서울 경찰서에 잡혔다니 만나 보았느냐?"

하고 철마에게 물어보셨습니다. 형과 누나의 일이 갑갑하였지만 선생님이 물어보는 말씀에 그동안 지낸 경과를 간단간단히 말하고 형이 경찰서에 잡힌 것은 지금에야 처음으로 알았다고 대답하였습니다.

철마는 선생님의 말씀을 들은 후 한시라도 속히 서울에 가서 명순 누나를 만나고 형님에 대한 일을 알고 싶었습니다. 그리하여 선생님께 누이가 가서 있는 원동 조 주사 집 번지를 적어 달래어 가지고 명석이 집으로 왔습니다.

명석이는 그날 학교에 가는 동무에게 선생님께 전할 간단한 사정을 적어 보내고 학교에도 가지 않고 철마를 기

다리고 있었습니다.

"철마야, 지금이야 오니! 그래, 자세히 알았니?"

"자세히 알았다. 그런데 오늘 학교에를 왜 안 갔니? 지금 시간이 늦었는데."

"너 혼자 두고 어떻게 학교에 가니. 그래서 오늘은 그만두겠다."

"그래서는 안 된다. 나 때문에 학교를 결석하여서는 안 될 것이다. 어서 학교에 가거라. 나는 혼자 있어도 괜찮다, 응…….."

"아니다, 염려 마라. 벌써 아버지며 어머니께도 말씀하였으며 학교에도 통지하였다."

하며 명석이는 밖에서 밥상을 들고 들어오며

"너 오기만 기다리고 밥을 아직 먹지를 않았으니 어서 밥이나 먹자. 반찬도 아무것도 없다."

철마는 명석이가 자기에 대한 마음이 너무 두터움을 감사히 생각하며

"명석아, 너무 감사하다. 나 때문에 학교에도 가지 않고 밥도 먹지 않고 기다려 주니."

이때 명석이 어머니가 들어오시며

"철마야, 아무것도 차리지 못하였다. 반찬은 없으나 밥이나 많이 먹어라."

"예예, 많이 먹겠습니다."

"어머니는 나가세요. 우리가 앉아 먹겠어요."

명석이 어머니가 나가신 후 철마는

"명석아, 이것을 먹으면 배에서 놀라겠다. 서울 가서 있는 동안 이렇게 먹어 보지 못하였다."

하고 닭의 다리를 뜯으며 말하였습니다. 아침상을 물린 철마는 명석이의 손을 잡으며

"명석아, 나는 다시금 이 고향을 떠나야만 되겠다. 내 고향을 떠나기는 싫지만 누님도 만나고 형님의 소식도 궁금하니 곧 떠나려고 한다."

"네가 떠나는 것을 말릴 수는 없지만 오늘이야 떠나겠니! 하루는 놀다가 내일 떠나렴."

"아니다, 오늘 곧 떠나야 되겠다. 이번에 떠나면 언제나 만날지 모르겠다."

하며 철마는 말끝이 막히며 흑흑 느껴 울었습니다.[100]

"철마야, 울지 마라. 다시금 떠나려는 고향을 생각하며 앞날에 닥쳐올 모든 고통을 생각하면 자연히 슬픔이 북받쳐 오르겠지만 우리는 항상 앞날에 모든 희망을 바라고 굳센 마음으로 앞길을 향하여 나아가야만 하겠다. 우리가 '소년회'를 조직할 때에 첫째로 단결하고 둘째로 고(苦)를 낙(樂)으로 알고 앞날을 바라고 나아가자고 약속들을 하지 않았니!"

"네 말이 옳다. 물론 그렇다. 오랫동안 깃들었던 고향을

---

100) 여기까지가 〈조선일보〉에 연재된 37회의 내용이다. 38회 글이 문제가 되어 연재가 중단되었으며 이후 글은 38회의 내용을 고쳐 실은 것이다.

하룻밤의 나그네로 떠나게 되며 친한 동무들과 또한 이별하게 되었으니 자연히 마음이 우울하구나. 명석아, 나는 여하간 오늘 서울을 향하여 떠나겠다."

하며 철마는 일어섰습니다. 벽에 걸려 있는 캡을 손에 들자 명석이도 같이 일어섰습니다.

"그러면 할 수 없다. 너도 고집은 세니까."

하며 방문을 열면서

"어머니, 철마가 서울로 간대요."

"무엇이야, 철마가 벌써 떠나다니, 그것이 무슨 말이더냐."

하시면서 명석이의 어머니는 부엌에서 무엇인지 하다가 행주치마에 손을 닦으며 부엌 밖으로 나오셨습니다.

"철마야, 어떻게 그렇게 떠나니. 노독[101]이라도 풀고 떠나지. 섭섭해서 어떻게 하니. 오늘 밤이나 더 쉬고 떠나도록 하여라. 가다 먹을 떡이라도 좀 하여 가지고 가도록 하려무나."

"무얼요, 오늘 떠나야 하겠어요. 어머니, 안녕히 계십시오. 서울 가서 모든 일이 잘되면 형과 누나와 같이 내려와서 뵈옵겠습니다."

"야, 명석아, 너 어머니 말씀 잘 듣고 공부 잘하여라."

철마는 명석이 어머니께 공손히 절하며

"어머니, 안녕히 계십시오."

101) 먼 길에 지치고 시달려서 생긴 피로나 병

또다시 인사를 드린 후 대문 밖을 향하여 나가 글방 선생님 댁으로 가게 되었습니다. 벌써 해는 열 점이 지나서 샛밥참[102])이 되었다고 이곳저곳에서 닭들이 요란히 울었습니다. 명석이의 어머니는 명석이와 함께 철마의 뒤를 얼마만큼 따라가시다가

"애야, 철마가 저렇게 떠나기는 하나 기찻삯이며 점심이라도 사 먹을 돈이 어디 있겠니?"

명석이 어머니는 명석이의 귀에다가 대고 가만히 근심하듯이 말씀하셨습니다.

"그럼은요, 노자인들 있겠습니까?"

"명석아, 내게 오 원이 있으니 철마를 주어라."

하시면서 주머니에 싸고 싸고 두었던 돈 오 원을 명석이에게 주셨습니다. 그러고 명석이 어머니께서는

"철마야, 잘 가거라. 나는 멀리 나가지 못한다. 아무쪼록 서울 가서 몸 성히 지내고 형님과 누나를 만나게 하여라, 응."

하며 철마의 손을 어루만지며 자기 아들을 멀리 떠나보내는 듯이 슬퍼하셨습니다.

"어머니, 어서 들어가셔요. 이번에는 여러 가지로 괴롬을 많이 끼쳐 드렸습니다. 서울 가서 편지 드리겠습니다."

철마는 명석이 어머니께 재삼 인사를 드린 후 명석 어머니가 집을 향하여 돌아가시는 것을 뒤로 돌아다보며 명

102) 문맥상 '새참'으로 추정됨.

석이와 같이 글방 선생님 댁으로 걸음을 빨리하였습니다. 글방 문전에 당도하니 대문 새로 글방 아이들이 천자를 읽는 소리며 통감을 읽는 소리가 들려 나왔습니다.

방문을 열자 철마는 선생님께 절하며

"선생님, 저는 오늘 떠나겠습니다. 제 누이가 혼자 처음으로 가는 서울에서 어떻게 되었는지 모르니까 한시라도 바삐 가야겠습니다. 안녕히 계십시오."

이 말을 들으신 글방 선생님은 흰 수염이 드문드문 섞인 수염을 묵묵히 쓰다듬으시며

"오냐, 어서 가거라. 처음 가는 길이니 원동 조 주사 댁으로 편지는 하여 주었다마는 나 역시 궁금하다. 더 부탁할 말은 없다마는 무슨 일이든지 참고(忍) 순서 있게 하여 나가기를 바란다. 그리고 몸을 주의하여라. 아까도 말하였지만 네 형 노마로 말하면 큰 뜻을 품고 떠났으니 너희 남매가 찾는 대로 서울서 찾겠지만 모든 힘을 형 찾는데만 들이지 말아라. 너의 형도 생각이 있을 것이니 너희 남매는 형을 찾는 한편 너희도 마음을 굳게 먹고 남매가 힘을 합하여 썩썩하고 힘 있는 생활을 하여 나가거라. 그리고 틈틈이 한 자의 글자라도 게을리하지 말고 배워서 좋은 책을 많이 읽고 훌륭한 사람이 되어 너희들이 또다시 고향의 땅을 밟을 때는 고향 사람들의 물 끓는 환영을 받고 지하에 계신 아버지와 어머니가 지하에서 웃음을 띠시게 하여라. 오직 부탁은 이것이다."

이렇게 말씀하시는 글방 선생님의 어조는 떨리며 엄숙하였습니다. 이와 같이 선생님의 말씀을 듣고 있던 철마는 굳게 결심하고 두 주먹을 불끈 쥐며

"선생님, 잘 알았습니다. 무슨 일에든지 명심코 선생님 말씀을 잊지 않겠습니다. 선생님, 시간이 다 되었으니 길을 떠나겠습니다."

"그래, 어서 가거라. 차표 살 돈인들 어디 있겠니."

하며 부시쌈지[103] 속에서 십 원 한 장을 꺼내 주시면서

"돈이 있는 것이 이것뿐이다. 차표나 사고 며칠간 식비라도 하여라."

"예, 무엇이라 말씀을 드리면 좋을는지요. 선생님의 은혜는 백골난망입니다."

하며 철마가 흐르는 눈물을 씻으면서 선생님께 절하고 방문 밖을 나서니 칠팔 명이나 되는 글방 아이도 다 일어서며

"철마야, 잘 가거라."

"인제 가면 언제나 오겠니."

서로서로 번갈아 가면서 전송하였습니다. 이때 선생님 부인은 안방에서 급히 나오시며

"철마야, 어떻게 그렇게 떠나니. 밥 한 끼도 못 먹고서 다리인들 오죽이나 아프겠니. 어제 왔다가 오늘 도로 떠나니 노자가 있을 리가 있나."

103) 부시, 부싯깃, 부싯돌 따위를 넣어서 주머니 속에 넣어 가지고 다니는 작은 쌈지

• 부시(좌)와 부시쌈지(우)(국립민속박물관)

하시고 글방 선생님을 바라보시니

"있는 대로 좀 주었소이다."

하며 글방 선생님은 다시 말을 이어서

"철마야, 서울에 도착하는 대로 원동 조 주사 댁을 찾아가서 명순이를 만나게 하여라."

하는 간곡한 주의를 철마에게 하셨습니다. 선생님과 선생님의 부인은 멀리 보이지 않을 때까지 문밖에 서서 철마를 보내셨습니다. 명석이는 철마와 이별하기가 애처로워서 한 오 리가량이나 따라 나와

"철마야, 차를 타는 데까지 가고 싶지만 오늘 돌아갈 수가 없어서 여기서 작별하겠다. 부탁하는 말은 선생님께서 여러 가지로 부탁의 말씀이 있었으니 별말은 없다. 몸 성히 잘 있다 오너라. 네가 돌아올 때까지 우리 하소리 소년회를 만석이와 수득이와 같이 잘 키워 가겠다. 자, 이것은 어머니가 노자에 보태 쓰라고 주신 것이야."

하며 명석이는 어머니가 주신 오 원을 철마의 손에 꼭 쥐어 주었습니다.

"명석아, 대단히 감사하다. 더 말하지는 않으련다. 서로 몸 건강히 있다가 우리 조선의 소년으로서 새 조선의 '싹'이 트도록 모든 풍파와 싸워 나가자. 소년회를 잘 키우는 것이 즉 그것이다. 우리가 지금까지 한 달에 한 번씩 계속 개최하던 동화회며 유명하신 선생들이 만드신 책을 항상 사다가 여러 동무에게 읽히던 것을 너는 끝끝내 계속

하여 다오. 그래서 우리 소년회에서 조선을 위하여 일하는 사람이 많이 나오도록 힘쓰자."

"오냐, 걱정 말아라. 우리는 조선 소년의 앞길을 인도하는 소년의 기수(旗手)104가 되자. 우리는 조선의 새로운 새싹이 되도록 결심하자."

이와 같이 앞날을 굳게 맹세한 후 명석이는 멀리 철마가 보이지 않을 때까지 손을 흔들며 이별을 아끼니 철마 역시 명석이를 돌아보고 손짓을 하며 길모퉁이를 돌아서 김화읍을 향하여 걸음을 빨리하였습니다.

철마는 다섯 점이 좀 지나서 내릴 예정이었으나 기차의 고장으로 밤 여덟 점이 거의 가까워서야 서울에 도착하였습니다. 이렇게 늦게 서울에 내리게 된 철마는 늦은 가을의 하늘 높이 반짝이는 별(星)도 무색하게 온 하늘을 덮을 듯 환하게 비치는 전등 불빛, 전차, 자동차, 사람들의 소리가 합하여 무슨 소리인지 모르게 서울 하늘을 덮은 요란한 음향—그 아래에는 근 백만 명이나 사는 여러 가지의 집이 즐비하게 깔려 있지만 자그만 몸뚱이를 담을 곳은 없었습니다. 다만 찾아갈 곳은 명순 누나가 찾아갔다는 원동의 조 주사 댁과 연건동에 있는 조선소년회며, 또 한 곳은 다만 한 달이라도 조석을 부치어 먹으며 자고 있던 하숙이었습니다. 그러나 밤이 이미 늦었으므로 원동

104) 행사 때 대열의 앞에 서서 기를 드는 일을 맡은 사람. 기잡이

의 조 주사 댁도 찾기가 어려울 뿐만 아니라 찾는다 하더라도 밤이 더욱 늦을 터이니 굳게 잠근 대문을 열어 달라기가 곤란할 것이며 소년회조차 문을 닫았을 터이므로 어디로 발길을 옮겨 놓으면 좋을는지를 몰랐습니다. 그렇다고 그전에 하숙하고 있던 집으로 찾아가려니 밥값도 다 내지 못하고 떠난 몸이므로 눈살을 찌푸릴 것은 명약관화의 사실이었습니다.

명순 누나는 밝는 날 아침에 일찍이 찾는다 하더라도 오늘 밤 이 몸을 담아서 하루 쉴 곳은 어디일까 하고 철마는 정거장 넓은 마당에 나서서 환하게 비친 사이로 반짝이는 별님의 얼굴만 쳐다보며, 머릿속에는 이 서울 안에 노마 형님과 명순 누나도 어떠한 곳이든지 끼어 있을 터이지, 그리고 지금은 무엇을 하고 있을까 하고 형님과 누나의 얼굴을 번갈아 그리며 동경하고 있을 때에 반짝이던 별들이 별안간에 누나의 얼굴같이도, 노마 형님의 얼굴같이도 번갈아 변하면서 철마를 부르는 것 같았습니다.

이와 같이 이런 생각 저런 생각을 하며 자기도 모르게 발길을 옮기기 시작하여 종로 인경[105] 옆을 당도하니 시계는 아홉 점을 가리켰습니다. 이곳에 서서 한참 생각하던 철마는

'연건동에 있는 소년회에 가서 그 회관에서 하룻밤을 쉬자. 그곳은 우리 소년의 집이니.'

105) 조선 시대에 통행금지를 알리거나 해제하기 위해 치던 종

하고 연건동에 있는 소년회로 발길을 옮겼습니다. 소년회 앞까지는 도착하였으나 소년회의 문이 잠기었으므로, 전일의 기억에 남은, 뒤로 채 못 가서 자그맣게 만들어 놓은 옆문을 찾아서 흔들어 보기로 하였습니다. 골목을 덮은 어둠 속에 더듬더듬 판자를 어루만지며 옆문을 찾아서 흔들었습니다. 하늘의 도움인지 문이 슬며시 열리므로 철마는 한번 한숨을 "후유" 내쉰 후 회관으로 들어서서 쌓여 있는 신문지를 베개 삼아 몸을 쉬려 자리를 잡았습니다. 점심도 변변히 먹지 못하고 저녁도 먹지 못하였으므로 배에서 '쪼륵쪼륵'[106] 소리가 쉴 새 없이 들려왔으나 원체 피곤한 몸이라 얼마 되지 않아 꿈나라로 떠나게 되었습니다.

이튿날 아침 철마는 먼동이 트자마자 글방 선생님이 가르쳐 주신 원동 조 주사 댁으로 찾아갔습니다. 서울에 처음 올라온 철마 같으면 원동이 어디인지 모르겠지만 한 달 동안이나 있던 서울인 까닭에 남에게 묻지 않아도 넉넉히 찾을 수가 있었습니다. 찾기는 찾았으나 너무나 이른 아침인 까닭에 골목과 골목 사이로는 두부 장수, 고기 장수, 배추 장수들이 목소리를 청승스럽게 외며 지나갈 뿐이고 조 주사 댁의 잠긴 문은 기다린 지 삼십 분이 넘었으나 잠긴 채 그대로 열리지 않았습니다. 그래도 문을 흔들 수가 없어서 밖에서 왔다 갔다 하며 문이 열리기만 기

---

106) 문맥상 '꼬르륵꼬르륵'으로 추정됨.

다리고 있었습니다.

한 시간이 되었는지 두 시간이 되었는지 조 주사 댁 문
이 열리는 소리가 나자 헙수룩한 여자가 머리도 쓰다듬지
못한 채 무엇을 사러 가는지 바구니를 옆에 끼고 나왔습
니다. 이것을 본 철마는

'인제는 되었다.'

하고 그 여자를 향하여

"여보세요, 여보세요."

"……."

"여보세요, 여보세요."

"왜 부르시오."

하면서 그 여자는 이상하다는 얼굴로 철마를 바라보았
습니다.

"에, 다름이 아니라 여기가 조 주사 댁인가요?"

"조 주사 댁이요? 웬 조 주사란 말이오."

"그러면 여기가 다른 댁이십니까?"

하며 철마는 혹시 번지나 틀리지 않았나 하고 가까이 가
서 문패를 다시 한번 쳐다보았지만 문패의 번지는 글방
선생님이 가르쳐 주신 것과 같으나 문패에 쓰인 이름은
참으로 '조'가 아니라 '이'였습니다. 이것을 바라본 철마
는 딴채에 사시지나 않나 하고 애타는 자신의 마음도 모
르고 무심히도 골목 밖으로 찬거리를 사러 가는 그 여자
의 뒤를 급히 따르며

"대단히 미안합니다마는 여기 조 주사께서 사시지 않습니까?"

"조 주사로 말씀하면 한 달 전에 떠나고 지금은 다른 어른이 살고 계신다오."

하며 그 여자는 혼잣말로

"요새는 웬 조 주사 찾는 사람이 이렇게 많아? 이삼일 전에도 시골 색시가 와서 찾더니."

이 말을 들은 철마는 그 말이 끝나기 전에

"그래, 그 색시가 나이는 몇 살이나 되어 보였으며 얼굴은 어떻게 생겼던가요?"

"그 색시요, 옷맵시가 시골서 처음 올라온 색시 같으며 나이는 십칠팔이나 되어 보입디다. 그리고 누가 준 것인지 봉투를 들고 왔습니다."

"네―, 그래, 그 색시가 어디로 간지 모르십니까?"

"내가 어디로 간지 어떻게 아오. 저녁이 늦었는데 대단히 근심하는 얼굴로 이 골목 밖으로 나갑디다."

이 말을 듣고 난 철마는 천지가 아뜩하여지며 멍하니 섰다가

"바쁘신데 미안합니다."

하며 힘없이 원동의 좁은 골목을 한 발자국 두 발자국 걸어서 돈화문 대궐 옆 은행나무가 솟아 있는 잔디밭까지 왔습니다.

이곳까지 이른 철마는 쇠사슬로 막아 놓은 곳에 걸어앉

아서[107] 자기의 머릿속을 걷잡을 수가 없어 생각의 순서도 없이 땅바닥만을 들여다보며 발끝으로 무엇인지 그리고 있었습니다. 아침도 여덟 점이나 넘었는지 두셋씩 짝을 지어 학교로 가는 아이들의 자태가 끊일 새가 없었으며 아침 해는 새로운 기운으로 철마의 온몸을 비추고 있었습니다.

이렇게 한참 동안 정신없이 서 있던 철마는 무슨 생각이 들었는지 앉았던 쇠사슬 위에 서서 캡을 다시 만져 쓴 후 연건동에 있는 소년회로 발길을 돌렸습니다. 소년회 앞까지 도달한 철마는 회관의 문이 아직 열리지 않았으므로 간부들이 오기를 기다리며 회관 문 앞을 왔다 갔다 할 때 뒤에서

"철마 씨, 웬일이오?"

하는 소리가 들려왔습니다.

철마는 깜짝 놀라 돌아보며

"아이고, 남 선생님."

하며 그 소년회의 간부인 남 선생과 반가운 악수를 한 후 남 선생은 회관 문을 열고 철마를 인도하여 걸상에 걸어앉으며

"대체로 어떻게 된 일입니까?"

"예!"

하고 철마는 서울을 떠나 고향에 갔는데 누이가 서울에

107) 높은 곳에 궁둥이를 붙이고 두 다리를 늘어뜨리고 앉다. 걸앉다.

올라온 까닭으로 누이를 못 만난 일이며, 형님이 경찰에 갇혔다는 소문이 있다는 말이며, 어젯밤 회관에서 잔 후에 명순 누이를 찾으러 갔다가 만나지 못하고 온 일을 자세히 말하였습니다. 이와 같은 철마의 경과를 들은 남 선생은

"아! 그렇습니까. 일이 그와 같이 되었으니 누님도 곧 찾을 수가 없는 일이며, 형님의 일도 차차 각 방면으로 알아보아야 될 일이니, 첫째로 급한 것은 무엇보다도 철마 씨가 몸담아 계실 곳을 찾아야겠습니다. 그런데 아침은 어떻게 되셨습니까? 물론 회관에서 주무시고 누님을 찾으러 갔다 오신 길이니 못 잡수셨겠지요?"

"예!"

"그러면 무엇이라도 잡수시게 합시다. 저의 집은 좀 머니까 아무 데나 갑시다."

하고 남 선생은 철마를 데리고 가까운 상밥집[108]에 가서 이십 전 하는 상밥을 대접한 후

"그러면 회관에 가서 기다리십시오. 얼마 있으면 다른 분도 오실 것입니다. 저는 어디 철마 씨가 오래 계실 곳을 좀 주선하고 들어가겠습니다."

"그렇게 저 때문에 애를 쓰시게 하여 미안합니다."

"원, 천만에요. 다 우리의 일이 아닙니까?"

하며 남 선생은 어디로인지 가고 철마는 회관으로 다시

[108] 상에 밥과 반찬을 차려서 한 상씩 따로 파는 집

금 오게 되었습니다. 몇 시간 후 남 선생은 회관으로 돌아오며 다른 간부들과 같이 걸상에 걸터앉아 있는 철마를 싱글싱글 웃으며 쳐다보면서

"철마 씨, 기뻐하십시오."

이 말을 들은 다른 간부들이

"남 선생, 수고하십니다. 철마 씨에게 자세한 사정은 들었습니다. 그런데 무슨 좋은 소식이 있습니까?"

"그런 것이 아니라 철마 씨가 계실 곳을 주선하였단 말씀이야요."

"어떤 곳입니까?"

"참 좋은 곳이지요. 제가 전부터 잘 아는 의사를 찾아가서 철마 씨의 이야기를 하고 병원에 있게 하여 달라고 하였습니다."

"그래서요."

"그렇지 않아도 참한 사람을 두었으면 하고 구하던 중이라고 합니다그려. 그래서 오늘부터라도 철마 씨를 우리 소년회에서 신원을 보증할 터이니 있게 하여 달라고 하였습니다. 의사 선생님은 더 생각할 것도 없이 그렇게 하라고 쾌히 승낙하셨습니다. 그런데 조건이 대단히 좋습니다. 병원 안에서 자고 밥은 의사 선생님 댁에서 먹게 하며 용돈도 얼마씩 준다고 합니다. 일이라고는 아침과 저녁으로 병원을 소제하며109) 이따금 심부름 가는 것뿐이라고

109) 청소하다.

합니다."

"참 좋습니다그려."

남 선생은 다시금 철마를 쳐다보며

"더 좋은 것이 있습니다. 밤이면 어디든지 야학을 다녀도 좋다고요."

이 말을 들은 소년회 간부들은 일제히 손뼉을 치며

"참으로 훌륭한데."

"철마 씨, 어서 가십시다. 이렇게 자리가 잡혔으니 아까 말씀대로 차차 형님의 일도 알아보고 누님도 만나도록 각처로 알아보도록 하십시다."

하며 남 선생은 철마의 손을 잡고 병원으로 가자고 하였습니다.

"선생님, 참으로 감사합니다."

"인사는 그만두십시오. 철마 씨의 일도 우리의 일이며 소년회의 일입니다."

하면서 남 선생과 병원으로 간 철마는 그날부터 병원에서 숙식을 하면서 병원의 일을 보게 되었습니다. 이와 같이 소년회의 노력으로 철마는 아무 걱정이 없이 병원에 있게 된 후 병원의 일을 의사 선생님이 말씀하시기 전에 무엇이든지 하며 밤이면 틈틈이 한 자라도 더 알기 위하여 공부를 열심히 하는 까닭에 의사 선생님은 물론 여러 간호부의 칭찬이 자자하였습니다. 그리고 철마는 노마 형님의 일과 명순 누나의 일은 소년회 남 선생과 여러 간부에게 항상 의논하고 있었습니다. 그래서 소년회 간부들은 경찰서에 직접 알아보기도 하였습니다마는 눈초리 사나운 형사들은

"그런 사람, 알 수 없어."

"그 사람 보려거든 너도 유치장에 들어가거라."

하는 빈정대는 소리를 할 뿐이었으며, 신문사에서는 "김노마"라는 이름은 있으나 사건은 절대로 비밀에 부치고 있으므로 아직 자세히 알 수 없다고 할 뿐이었습니다. 이와 같이 철마의 형 노마가 갇힌 것만은 사실이나 사건을 발표하지 않으므로 진상이 발표될 때까지 기다릴 수밖에 없었습니다. 그리고 철마의 누나 명순이의 소식도 여러 곳으로 찾았으나 알 길이 막연하였습니다. 이렇게 지내는 동안 늦은 가을도 지나고 눈보라 치는 섣달 중순이 되었습니다. 어느 날 서울 장안에는 호외를 돌리는 신문 배달의 종소리가 요란히 들렸습니다. 백만이 가까운 서울 사람들은 모든 신경이 그 호외 돌리는 방울 소리로 쏠리게 되었습니다. 이렇게 요란한 방울 소리를 헤치며 철마가 있는 병원으로 한 장의 호외를 들고 달리는 사람이 있었으니, 그는 다른 사람이 아니라 소년회 남 선생이었습니다. 병원 문을 열고 들어선 남 선생은 철마를 조용히 불러서 호외를 읽으며 철마에게 설명을 하여 주었습니다.

그 호외의 내용은

조선 ○○을 위한 대계획 수립, 김노마 외 다수 관계자

경찰의 취조는 일단락, 명일 검사국에 송치

이런 제목에 사건의 내용이 대부분이 업히어서[110] 대강대강 발표되었으며, 김노마의 원적(原籍)은 강원도 김화 하소리라고 하였으므로 틀림없는 철마의 형 노마였습니다. 남 선생의 말과 호외를 본 철마는 떨리는 가슴과 흥분된 어조로

"선생님, 형님이……."

"철마 씨, 위대합니다. 철마 씨의 형님 노마 씨는 조선을 위하여 몸을 바쳤습니다. 이런 형님을 모신 철마 씨는 참으로 행복입니다. 새로운 세기의 창조는 노년(老年)에게 있지 않고 우리에게 있습니다. 우리는 노년과 같이 수성(守成)[111]할 때가 아닙니다. 지키고 있을 때가 아닙니다. 우리의 모든 희망은 지금에 자라나는 여러분입니다. 여러분은 조선의 새싹이십니다. 철마 씨도 형님과 같이 위대한 창조력을 가진 굳센 사람이 되어 주십시오."

"예, 물론입니다. 저희가 고향에서 소년회를 조직한 것이 선생님이 말씀하신 것과 같이 그런 목적으로 조직하였습니다. 선생님의 말씀을 더욱 굳게 지키고 형의 뒤를 따르렵니다."

110) 문맥상 '사건의 내용을 제목에 맞게 덮어씌웠다'는 의미로 추정됨.
111) 조상들이 이루어 놓은 일을 이어서 지킴.

하면서 철마는 뜨거운 눈물 흘리며 굳게 주먹을 쥐었습니다.

"그러면 선생님, 내일은 어떻게 하면 좋을까요?"

"내일은 일찍이 경찰서 문 앞에 가서 기다립시다. 검사국으로 가는 노마 씨의 얼굴이라도 보도록 합시다."

"선생님도 가시겠습니까?"

"물론입니다. 위대한 분의 얼굴이라도 보겠습니다. 더욱이나 철마 씨의 형님 노마 씨의 얼굴을—. 오늘 밤에 의사 선생님께 말씀하시고 내일 어디 좀 갔다 오겠다고 하십시오. 아직은 이번 사건의 관계자가 철마 씨의 형님이라는 것은 말씀 마십시오."

"예, 잘 알았습니다. 그러면 어디서 만나실까요?"

"내일 아침 제가 병원으로 가겠습니다."

이와 같이 내일의 일을 약속한 후 남 선생은 집으로 돌아갔습니다. 그날 밤 철마는 잠을 이루지 못하고 명순 누나도 알까, 만일에 안다면 내일 물론 경찰서 문 앞으로 올 터이니까 만나게 될 터이지. 그러나 들어앉은 여자가 어떻게 알 수가 있나, 형님의 일은 그렇게 되었지만 명순 누나는 어떻게 만날 수 있을까……. 복잡한 생각이 꼬리에 꼬리를 물고 일어나는 동안 한잠 이루지 못하고 날을 밝히었습니다. 날이 밝자마자 남 선생은 병원 문을 두드리며 어서 가기를 철마에게 재촉하였습니다. 그러나 병원에 아무도 없으므로 잠시 동안 간호부가 오기를 기다려 철마는 남 선생과 같이 경찰서 문 앞으로 갔습니다. 경찰서 문 앞에는 벌써 가족들과 군중이 조선을 위하는 위대한 그들의 모양을 보려고 구름같이 모여들었습니다. 검은 복색을 입은 순사들은 조선 사람을 전부 잡아 삼키려는 듯이 칼을 빼어 휘두르며

"이놈 자식들, 너희 무슨 일이 있니. 말 안 들으면 전부 갖다 가둔다."

하며 모여드는 군중을 헤치고 헤치고 하였습니다. 이럴 때마다 물결같이 헤어지고 다시금 물결같이 모여들고 하였습니다. 이때였습니다. 철마의 귀에는 철마를 부르는 가냘픈 여자의 목소리가 들려왔습니다. 한 번 두 번 틀림없는 명순 누나의 목소리였습니다. 철마가 정신없이 소리 나는 곳을 바라보니 명순 누나가 소리치며 손짓하며 쫓아오지를 않습니까? 이와 같이 명순 누나가 달려옴을 바라본 철마는 자기도 모르게

"누님."

하면서 손을 벌리고 군중을 헤치며 마주 달렸습니다.

"철마야."

"누님."

명순과 철마는 눈물만이 앞을 가려 오직 침묵과 침묵 사이에 하염없이 눈물을 흘릴 뿐이었습니다.

"누님, 모든 이야기는 이따가 하십시다."

하며 철마는 명순 누나의 손을 잡고 경찰서 문 앞으로

가까이 가면서

"형님이 곧 형무소로 가시게 될 것입니다. 누님! 쇠로 만든 수갑을 차고요.

군중과 군중에 밀리어 두 남매도 이리저리 구름같이 헤매고 있는 동안 시간이 가까웠는지 말을 탄 기마 순사는 너희들 같은 것은 문제도 아니라는 듯이 말을 몰아서 사람들이 모여 있는 사이로 함부로 달리면서 칼을 번쩍였습니다. 그러는 동안에 형무소의 대형 자동차는 경찰서 문 앞을 지나 서대문 방면으로 달리기 시작하였습니다. 이것을 바라본 군중 중에는 만세를 부르며 저놈들을 언제나 없애느냐고 외치는 사람들이 있었습니다.

김노마 외 여러 혁명 투사를 태운 형무소의 자동차가 달리는 것을 바라보게 된 명순과 철마 두 어린 남매는 미친 듯이 군중을 헤치고 자동차가 달리는 방향을 따라 쫓아가면서

"노마 형님!"

"노마 오빠!"

"이놈들아, 우리 형이 무슨 죄가 있기에 저렇게 가둬서 데리고 가느냐."

하며 서로 손을 잡고 자동차의 뒤를 바라고 달리고 있었습니다. 이때에

"요 어린놈의 자식이."

하고 기마 순사의 내려치는 기다란 후리채[112]는 명순

• 서대문형무소 전경(서울역사아카이브)

과 철마 두 남매의 뺨을 여지없이 내리갈기었습니다.

"앗."

달리던 두 남매는 땅 위에 푹 넘어졌습니다. 이렇게 땅 위에 넘어지자 두 남매를 안는 사람이 있으니, 한 사람은 철마를 사랑하는 소년회의 남 선생이었고 한 사람은 명순이를 오늘까지 친딸과 같이 여기며 데리고 있는 곽씨 부인이었습니다.

"철마 씨, 일어나십시오."

"괜찮습니다."

"명순아, 일어나거라, 몹쓸 놈들."

"어머니, 괜찮습니다."

하며 땅바닥 위에서 일어나는 두 어린 남매의 뺨에는 시퍼렇게 한일자 모양으로 핏집113)이 그려지고 있었습니다.

북악산 너머로 불어오는 겨울의 찬 바람은 사람의 손끝을 에는 듯하였으나 군중은 격분에 이것조차 잊어버리고 서대문 쪽으로 달리고 있는 형무소의 자동차를 바라보며 함성을 치다가 명순이와 철마가 기마 순사에게 맞아서 넘어짐을 보자

"사람 죽었다."

하면서 와— 몰리기 시작하였습니다. 이것을 본 남 선생은

"어서들 가십시다. 여기서 지체할 때가 아닙니다."

112) 곤충 따위를 후려 사로잡는 데에 쓰는 물건
113) 문맥상 '핏자국'이라는 의미로 추정됨.

하고 철마와 명순이 그리고 곽씨 부인을 재촉하여 몰려 드는 군중의 틈을 이리저리 비비며 안국정114) 네거리까지 빠져나왔습니다. 여기까지 온 명순이는

"철마야, 선생님 모시고 내가 있는 집으로 가자."

하고 그 말이 끝나기 전에 곽씨 부인은

"선생님, 날씨도 춥고 하니 재들을 데리고 저희 집으로 가시지요."

"선생님, 같이 가십시다. 언제나 그렇지만 오늘은 저를 위하여 모든 일은 내일로 미뤄 주시지요."

하고 철마도 남 선생을 쳐다보며 손목을 끌었습니다.

"예, 가겠습니다."

하고 남 선생은 철마의 손을 잡고 곽씨 부인과 명순이의 뒤를 따라 곽씨 부인 댁을 향하여 송현동으로 올라가게 되었습니다.

곽씨 부인은 송현동 중턱 자그마한 골목으로 들어가서 그리 크지 않은 기와집 문 앞에 당도하자 대문을 열며

"이것이 저희 집입니다. 어서 들어가십시다."

하며 안쪽을 향하여

"순이야, 손님 오셨으니 어서 안방을 치워라."

하며 남 선생과 철마가 안으로 들어가기를 재촉하였습니다. 네 사람이 안방에 들어앉자마자 명순이는 철마의 손을 잡으며

114) 안국동의 일제 강점기 명칭

"그래, 철마야, 어떻게 지냈니. 나는 너를 찾지 못하여―."

하며 울음이 북받쳐 눈물이 앞을 가렸습니다. 이것을 본 곽씨 부인은

"이렇게 좋은 날 울지 말아라, 기쁘면 눈물이 나오지만. 그런데 저 뺨에 약을 발라야지."

하고 명순과 철마의 뺨을 어루만졌습니다.

"괜찮습니다. 약을 바르지 않아도 차차 나을 것입니다."

이와 같이 대답하며 철마는 명순이 누나를 향하여

"누님, 그간 어떻게 지내셨습니까?"

하며 지금까지의 지낸 일을 자세히 말하였습니다. 철마의 말이 끝나자 곽씨 부인은 남 선생을 향하여

"참 고마우셔라."

"별말씀을 다 하십니다."

남 선생은 겸손한 태도로 대답하였습니다. 명순이는 남 선생에게 절하며

"그 은혜는 죽사와도 잊지 않겠습니다."

"원, 천만의 말씀을 하십니다. 저는 철마 씨를 위함이 아니라 우리의 앞날을 부탁할 조선의 어린 동무를 위하여 일한 것입니다. 당연히 해야만 할 일입니다. 그런데 무엇이 은혜입니까? 저희가 명순 씨와 철마 씨에게 간절히 바라는 바는 지금 조선 사람이면 누구나 원하고 있는즉 이 어둠 속에서 벗어나 광명으로 조선을 인도하는 것이 여러분의 책임이라는 것을 잊지 말아 주시기 바랍니다."

이 말을 들은 철마는

"잘 알았습니다. 누님, 잘 들으셨습니까?"

"선생님 말씀 잘 들었다. 선생님, 명심하겠습니다."

"그런데 누님, 이 댁까지 어떻게 오셨소."

이렇게 묻는 철마의 말에 명순이는 길게 한숨을 한번 내쉬면서

"나는 너를 찾고 노마 오빠의 소식을 묻고자 글방 선생님의 소개 편지를 가지고 원동 조 주사 댁을 찾았으나 네 말과 같이 한 달 전에 이사를 가고 계시지 않아서, 처음 올라오는 길이라 정신이 아뜩한 중에 차 속에서 만난 어머니가 한번 놀러 오라고 적어 주신 번지를 생각하고, 그날 밤으로 여러 사람에게 길을 물어서 찾아와 여러 가지 형편을 말씀드렸더니, 어머니와 아버지는 두 말씀 안 하시고 그날 밤부터 오늘날까지 친딸과 같이 데리고 계시면서, 아버지께서는 노마 오빠의 소식이며 너의 소식을 끊임없이 수소문하고 계시다가 어제 호외를 보시고 말씀하셔서 오늘 아침 어머니와 같이 노마 오빠를 보러 갔다가……."

이렇게 지나간 일을 말하였습니다. 이와 같이 명순이 누나의 지나간 일을 듣게 된 철마는 곽씨 부인께 절하며

"어머니, 감사합니다. 오늘부터 저도 어머니라 부르게 하여 주십시오."

"오냐오냐, 무엇이 감사하단 말이냐. 그래, 너도 오늘부

터 내 아들이 되어 주기 바란다. 오늘은 참으로 우리 집의 경사다."

하시며 곽씨 부인이 기뻐하여 마지않을 때 남 선생은 곽씨 부인을 향하여

"장하십니다. 저는 저희 소년회를 대표하여 감사의 인사를 드립니다. 그런데 부인께 말씀하려는 것은, 철마 씨로 말하면 지금 있는 곳이 병원인데 일이 편하여 밤에는 공부를 할 수가 있는 좋은 곳입니다. 그대로 앞날을 개척하도록 저희 소년회에서 책임을 지겠습니다. 명순 씨만은 끝끝내 훌륭한 조선의 소녀가 되도록 지도하여 주시기 바랍니다."

"염려 마셔요. 우리 집은 영감과 나 두 식구로 슬하에 혈육이 없다오. 영감은 지금 오십이 좀 넘었는데 회사에 다니시는 까닭에 아직 밥걱정은 하지 않으므로 재(명순)를 친딸같이 기를 생각입니다. 그리고 저기 서 있는 순이는 집 안에서 심부름하는 아이라오."

하며 곽씨 부인은 부엌으로 내려가 미리 준비하였던 아침상을 들고 들어와서

"찬은 없습니다마는 남 선생님, 좀 잡수십시오."

"철마야, 어서 선생님 모시고 먹어라."

"명순아, 우리도 먹자."

이렇게 아침을 같이한 철마는 남 선생과 같이 병원으로 가게 되었습니다. 그 뒤 철마는 하루에 한 번 이틀에 한 번

씩 곽씨 부인 댁을 찾아갔으며, 명순이도 일주일에 한 번씩 병원으로 철마를 찾으며 서로 내왕하는 동안에 모든 만물이 땅속에서 기를 펴지 못하고 떨고 있던 겨울도 지나가고 산과 들에 새싹이 푸릇푸릇 솟아오르는 새봄을 맞이하게 되었습니다. 그간 철마의 형 노마는 검사국에서 대강 취조를 받은 후 예심에 회부된 채로 사건의 끝이 나지 않았습니다.

조선 각지의 소년회에서는 얼마 남지 않은 '어린이날'을 준비하기에 바빴습니다. 해마다 오월 첫째 공일(第一日曜日)은 팔백만115) 조선 소년 소녀의 명절인 어린이날이었으므로 전 조선의 지방마다 있는 삼백여 곳의 소년회를 총망라하여 조직되어 있는 조선소년총연맹의 깃발 아래(傘下) 이날을 기념하여 내려왔던 것입니다.

드디어 어린이날이 닥쳐왔습니다. 아침부터 기념식장인 휘문중학교 운동장에는 서울 시내의 소년회가 모여들기 시작하여, 정각이 되자 운동장이 넘치게 수천의 어린 동무가 운집하였습니다. 이 가운데에는 연건동 소년회도 참가하였는데, 그 가운데는 명순이도 섞여 있었으며, 철마는 이날 조선 팔백만 소년을 대표하는 어린이날의 대표기를 들고 선두에 서는 명예를 지니게 되었습니다. 이리

---

115) '육백만'의 오기. 1930년대에 소년소녀의 수는 600만 명이었고, 1946년경에는 800만 명이었다. 작품의 상황은 1930년대이다.

하여 어린이날의 장엄한 식은 시작되었습니다. 식장의 안과 밖에는 정복 경관이며 사복 경관들이 날카로운 눈초리로 경계하고 있었습니다. 이런 가운데에 총연맹을 대표하여 위원 대표가 단에 올라서

"오늘은 조선 팔백만 어린이의 뜻깊은 어린이날입니다……. 여러분은 조선의 장래를 좌우할 책임을 지고 있습니다. 여러분이 잘되면 앞날의 조선은 더욱 광명을 가져오게 되고, 못 되게 되면 더욱더욱 함정으로 빠질 뿐입니다. 그러므로 여러분은 남을 의뢰하는 약한 마음을 버리고 백번 꺾어도 끊어지지 않는 굳센 힘을 길러서 그 굳센 힘으로 우리의 사회를 재건하여야 하겠습니다……."

여기까지 이르자 어디서인지

"중지—."

소리가 청천의 벼락과 같이 운동장을 울리며 식사를 하던 대표 위원은 경계하던 경관에게 끌려 내리었습니다. 그러나 어찌할 도리가 없었습니다. 살았어도 자유 없는 조선 사람인 까닭에—. 이런 일을 처음으로 당하는 철마는 온몸의 피가 끓어오르는 듯하였습니다.

'오냐—, 참아라. 우리 조선은 반드시 광명을 보게 될 것이다. 우리는 장래가 있다. 내 힘만을 굳세게 기르자—.'

이렇게 철마가 결심하고 있는 동안에 식은 어느덧 끝나고, 다음에는 어린이들의 시가 행렬이 시작되었습니다.

철마가 높게 들고 있는 어린이날의 커다란 대표기를 선두로 수천의 어린 동무들은 두 손에는 어린이날의 깃발을 날리고 입으로는 소리 높여 어린이날의 노래를 부르며 세기(世紀)의 행렬을 시작하였습니다.

1.
기쁘구나 오늘날 어린이날은 우리들 어린이의 명절날일세
복된 목숨 길이 품고 뛰어노는 날 오늘이 어린이의 날

(후렴)
동무여 동무여 손을 잡고서 앞으로 앞으로 나아갑시다
아름다운 목소리와 기쁜 맘으로 노래를 부르며 나가세

2.
기쁘구나 오늘날 어린이날은 반도 정기 타고난 우리 어린이
길이길이 뻗어날 새 목숨 품고 즐겁게 뛰어노는 날

서울의 거리거리에서는 박수와 만세로 이 희망과 기쁨에 넘치는 어린이의 행렬을 환영하여 주었습니다. 이런 성대한 환영 속에서 대표기를 굳게 쥔 소년 철마는 솟아오르는 기쁨을 이기지 못하여 스스로 팔백만 조선 소년 소녀의 만세를 힘차게 부르짖으며 팔백만 조선 소년 소녀의 앞길을 인도하는 소년 기수가 되기를 굳게 맹세하면서 하

• 1946년 해방 후 첫 어린이날 행렬(국가기록원)

• 1925년 어린이날 선전지에 담긴 〈어린이날 노래〉(독립기념관)
• 1932년 어린이날 선전지에 담긴 〈어린이날 노래〉(독립기념관)

늘 높이 대표기를 날리고 우렁차고 굳세게 대지를 밟으며 조선의 희망을 가슴속에 가득히 안고 앞으로 앞으로 전진하였습니다.

하늘과 땅에는 희망과 기쁨에 넘치는 팔백만 조선 소년 소녀의 힘찬 만세 소리가 가득 찼습니다.

소년 기수 38회

〈조선일보〉 1930년 12월 4일에 연재된 38회가 문제가 되어 이후 연재가 중단되었다. 정홍교는 해방 이후 『소년 기수』 단행본 출판에서 이 부분을 다른 내용으로 대체해 뒷이야기를 이어 나갔다.

"명석아, 내가 떠난 뒤라도 우리가 조직하여 놓은 ○○소년회만은 어떠한 일이 있더라도 꼭 지켜다오. 학교와 주재소에서 심하게 굴더라도―그리하여 서울에 있는 소년 단체와 자주자주 편지를 하여 지도를 받도록 하여라. 서울에 가서 보니 곳곳에 소년회가 있고 이 소년회가 한데 모여 이룬 서울만 한 한 큰 단체가 있고 또 조선에 있는 소년 단체들이 서울을 한복판으로 하여 한데 뭉친 큰 단체가 있더라. 이곳에 있는 우리는 어디 그것을 알았니! 이곳에 있는 ○○소년회도 그 큰 단체에 참가하여서 조선의 여기저기 있는 소년회와 한가지로 걸음을 걸어나가도록 하였다. 오, 그리고 회원을 많이 만드니보담도 우리와 같이 돈 없고 땅 없는 불쌍한 동무들끼리 모여서 마음으로 한 뭉치가 되게 하여다오. 그러는 한편에 서울에서 발행하는 소년 잡지들을 사다가 돌려 보는 것이 퍽 좋을 것 같다……."

"철마야 잘 알아들었다. 무슨 일이 있든지 간판만이라도 지켜가겠다. 네가 서울에 올라간 후 학교에서는 소년회에 다니면 못쓴다 하며 누구누구가 다니느냐고 물어본 일이 있단다. 그때에 그 명호란 녀석이 선생님께 고자질을 하여 우리 몇 사람이 곤경을 치른 일까지 있단다. 그리고 주재소에서는 부모들을 찾아다니며 소년회 회원들을 가끔가끔 조사를 하므로 부모들은 괜히 겁들이 나서 못다니게 하신단다. 그러나 네 말대로 어떻게든 하여 나가겠다."

"대단히 감사하다. 그리하여 이곳에서 장차 여러 사람을 위하여 일하는 일꾼이 많이 나면 오죽이나 좋겠니! 자, 명석아 나는 너만 믿는다. 그리고 하루 더 놀고 싶지만 오늘 떠나가지 않으면 안 되겠다."

이렇게 말할 때에 밖에서

"명석아, 명석아."

부르며 수득이가 뛰어 들어오며

"철마 있니? 철마 있니?"

명석이와 철마는 이런 이야기 저런 이야기에 정신이 없다가 수득이의 당황한 모양에 깜짝 놀라

"왜 이러니……, 무슨 큰일이 생겼니?"

"아니야. 그런 것이 아니라 철마가 오랜만에 왔기에 우리 소년회 회원들을…… 불렀다! 이리로 오라고."

이 말을 들은 명석이는 무엇인지 한참 생각하다가 수득

이의 어깨를 탁탁 치며

"그건 참 잘했다! 철마를 위하여서."

명석이의 말이 끝나자마자 한 사람 두 사람씩 모이기 시작한 소년회 회원은 순식간에 이십여 명이나 되었습니다. 그리하여 명석이네 집 마당에 빽빽이 서 있었습니다. 이때 수득이가 나서며

"여러분께 말씀한 바와 같이 우리 동무 철마가 서울서 왔기에 이렇게 모인 것이올시다. 이제 철마가 여러분께 말씀하겠습니다."

노동복 바지 옆구리에 바른편 손을 찌르고 빙글빙글 웃으며 철마가 나서자 여러 아이는 손뼉을 치며 환영하였습니다. 그리고 자기들끼리 귀에다가 입을 서로서로 대고 무엇인지 속살거렸습니다. 그것은 철마에 대한 이야기였습니다. 철마는 간단한 인사를 한 후 오늘 다시금 고향을 떠나서 서울로 가겠다고 하였습니다. 이와 같이 철마의 이야기가 끝나자 명석이가 나서

"여러분, 지금 철마의 말한 바와 같이 철마는 이 하소리를 등지고 서울로 또 가게 되었습니다. 여러분, 철마를 위하여 주머니를 텁시다.[116] 다만 몇 푼의 노비라도 보태기 위하여."

그러나 돈 가진 아이는 몇 없었습니다. 그리하여 없는 아이들은 집에 가서 가져오는 아이들도 있었습니다.

[116] 자기가 가지고 있는 것을 남김없이 내다.

이와 같이 모은 돈은 얼마 되지 못하였습니다. 만석이와 수득이 그리고 명석이는 한 모퉁이에 서서 서로 의논하여 서울까지 노비가 모자라는 것은 자신들이 보태기로 하였습니다.

철마는 보따리를 옆에 끼고 캡을 들고 일어서며

"자, 나는 길을 떠나겠다. 아무쪼록 몸성히 잘들 있거라. 아까도 명석이에게 말하였지만 소년회만은 잘되어 가도록 하여다오."

하며 명석이의 할아버지와 아버지며 어머니께 인사를 한 후 대문 밖을 나섰습니다.

이때에 명석이며 수득이 만석이를 비롯하여 여러 아이는 철마의 뒤를 따라갔습니다.

과거 근 반세기 간 외래 제국주의의 가혹 무비(無比)117)
한 착취와 억압 아래 신음하면서도 오직 우리는 자라나
는 생명, 어린이들에게 새날의 희망을 부치고 그들의 성
육(成育)118)을 위하여 노력하였으며, 실제 조선 민족 해
방 운동사상에 있어 중심 세력으로 생명을 내걸고 싸운
것은 지금 세대의 청년인 그 당시의 어린이들인 것도 잊어
서는 안 된다. 이들 어린이는 피압박 민족의 자손으로 과
거 이십여 년 전 가장 불행한 환경 속에서 배육(胚育)119)
되고 있을 때, 전 세계에서 가장 혜택을 입지 못하고 자라
나는 조선의 어린이들을 위하여 일신(一身)을 버리고 소
년운동의 봉화를 든 분들 중에도 종시일관120) 그 운동과
같이 운명을 한 분이 고 방정환, 연성흠, 이정호 세 선생
과 오늘까지 싸우고 있는 최청곡, 정홍교 두 분이며, 실로
작품『소년 기수』는 당시 총독부 경무국의 갖은 문화 말
살 박해의 폭풍 속에서 그들 다섯 선생이 때로는 영어(囹
圄)121)에 갇히는 몸이 되면서까지 서로서로 계승하여 가

117) 비길 데가 없음.
118) 자라서 크게 됨.
119) 태어나 자라남.
120) 처음부터 끝까지 한결같음.
121) 감옥. 교도소

며 전(前) 〈조선일보〉에 연재한, 조선의 어린이들을 위한, 피로써 엮어진 작품이다. 이 작품이 순수 예술 작품으로의 가치와 의의는 적을지 모르나 예술 자체가 정치와 분리할 수 없다 하면 이 작품이야말로 조선 소년운동의 산 기록이요 고난과 박해에 생명으로 항쟁한 조선 소년운동의 족적122)이라고 생각한다.

김홍수123)

— 〈경향신문〉, 1947년 6월 26일

---

122) 발자취
123) 김홍수(金泓洙), 생몰년 미상. 정홍교 외 『소년 기수』와 정홍교 동화집 『박달방망이』의 신간평을 썼다.

일제 강점기의 〈어린이날 노래〉

방정환 작 〈어린이날 노래〉
〈동아일보〉 1925.4.30.

1 기쁘고나 오늘날 오월 일일은
   우리들 어린이의 명절날일세
   복된 목숨 길이 품고 뛰어노는 날
   오늘이 어린이의 날

(후렴)
   만세 만세를 같이 부르며
   앞으로 앞으로 나아갑시다
   아름다운 목소리와 기쁜 맘으로
   노래를 부르며 가세

2 기쁘고나 오늘날 오월 일일은
   반도정기 타고난 우리 어린이
   길이길이 뻗어 날 새 목숨 품고
   즐겁게 뛰어노는 날
(곡조는 야구가 〈장엄하고 활발한 야구수들아〉와 한가지)

오월회 작 〈어린이날 노래〉
〈매일신보〉 1926.4.7.

1 기쁘다 우리들의 어린이날은
   또다시 돌아왔네 오월 일일이
   우리는 오늘날을 잊지 않고서
   씩씩한 우리 기운 휘날리도다

(후렴)
   만세 만세를 같이 부르며
   앞으로 앞으로 나아갑시다
   아름다운 목소리와 기쁜 맘으로
   노래를 부르며 나아가세

2 장래의 일꾼이 될 어린이들은
   앞길을 개척하며 나아갑시다
   이때를 당하여서 빨리 일어나
   우리의 가진 의무 잊지 마시오
   (야구가 곡)

*오월회: 1925년 서울에서 조직된 소년운동단체로 무산소년운동을 표방하였다.
방정환 중심의 소년운동협회에 불만을 품은 소년단체들이 1925년 5월 경성소년지
도자연합회를 구성하고 오월회를 발기하였다. 정홍교, 이원규, 장무쇠 등이 창립준
비위원으로 선출되었다.

조선소년총연맹 〈어린이날 노래〉

〈조선일보〉 1928.5.1.; 〈조선일보〉 1929.5.1.

1　기쁘고나 오늘날 어린이날은
　　우리들 어린이의 명절날일세
　　복된 목숨 길이 품고 뛰어노는 날
　　오늘이 우리들의 날

（후렴）
　　동무여 동무여 손을 잡고서
　　앞으로 앞으로 나갑시다.
　　아름다운 목소리와 기쁜 맘으로
　　노래를 부르며 나가세

2　기쁘고나 오늘날 어린이날은
　　반도정기 타고난 우리 어린이
　　길이길이 뻗어 날 새 희망 품고
　　즐겁게 뛰어노는 날
　　（야구가 곡）

---

*조선소년총연맹: 1928년 조직된 무산소년운동단체. 임원으로 위원장에 정홍교, 상임서기에 최청곡, 홍찬이 있었다.

전조선어린이날중앙연합준비회 〈어린이날 노래〉(1933년)
독립기념관 소장 전단지

1 기쁘고나 오늘날 어린이날은

   우리들 어린이의 명절날일세

   복된 목숨 길이 품고 뛰어노는 날

   오늘이 어린이의 날

(후렴)

   동무여 동무여 손을 잡고서

   앞으로 앞으로 나아갑시다.

   아름다운 목소리와 기쁜 맘으로

   노래를 부르며 나가세

2 기쁘고나 오늘날 어린이날은

   반도정기 타고난 우리 어린이

   길이길이 뻗어 날 새 목숨 품고

   즐겁게 뛰어노는 날

*전조선어린이날중앙연합준비회: 1931년 어린이날 기념 행사 준비를 위해 전국적
지도기관으로 결성된 단체. 단체 임원으로 총무부에 정홍교, 교섭부에 박양신, 고
안부에 방정환, 선전부에 정세진, 재정부에 고장환 등이 선임되었다.

일제 강점기 조선 소년운동의 문학적 기록 『소년 기수』

염희경

1. 어린이날 100주년에 만나는 『소년 기수』

『소년 기수』는 한국아동문학사에서 전혀 연구되지 못한 작품이다. 이재철의 『세계아동문학사전』(계몽사, 1989) '정홍교' 부분에서 그의 저서로 '『소년 기수』(동화출판사, 1947)'가 나오며 저자와 작품집 제목, 출판사명, 출판연도만 언급되었을 뿐, 작품에 대한 그 이상의 정보는 알려진 바 없었다.[1] 『소년 기수』는 원래 정홍교 단독 작품집이 아니라 아동문학가이자 소년운동가로 유명했던 연성흠, 최청곡, 이정호, 정홍교, 방정환 5인의 연작 소년소설로 기획했던 작품이다. 〈조선일보〉에 1930년 10월 10일부터 연재를 시작했으며, 1930년 12월 4일 네 번째 필자 정홍교가 연재하던 38회를 끝으로 "사정에 의하여 중단"(「사고(社告)」, 〈조선일보〉 1930.12.5.)되었다. 그 때문에 연작소설의 다섯 번째 필자로 작품을 마무리하기로 했던 방정환은 아예 참여조차 하지 못했다.[2]

---

1) 이재철, 『세계아동문학사전』, 계몽사, 1989, 331면.
2) 정홍교는 단행본의 머리글에 해당하는 '『소년 기수』를 내면서'에서 "사 회째 이 책을 발행하는 저자에게 와서 연재하여 나가던 중 일정 경무국(日政 警務局)에서 금지령을 내리어 중단하게 되어 방 선생은 집필조차 못 하였"다고 밝혔다.(정홍교, 『소년 기수』, 동화출판사, 1947, 2면, 이하 강조 밑줄은 인용자)

해방 이후 정홍교가 자신이 썼던 마지막 38회의 내용을 수정하고 뒷이야기를 새롭게 이어 써서 1946년 9월에 작품을 마무리했다. 이를 어린이날을 맞아 1947년 5월 동화출판사에서 단행본으로 출간했다. 네 명의 필자가 이어 쓰기 방식으로 공동 집필했던 연작 소년소설이라는 점을 고려하면 『세계아동문학사전』에서의 채 한 줄도 안 되는 정보조차 불확실하게 제공된 것이다.

몇 년 전 근대서지학회의 회장 오영식 선생으로부터 『소년 기수』 초판본을 제공받아 작품을 살펴볼 귀한 기회를 얻었다. 그 무렵 '발굴 자료'로 소개했어야 했는데 필자의 게으름으로 차일피일 미루어졌다. 2022년은 어린이날 100주년이고3) 2023년은 잡지 『어린이』 창간 100주년이자 1923년 5월 1일 어린이날에 선포한 '소년운동의 기초 조항'으로 대표되는 '어린이 해방 선언' 100주년이기도 한 해다. 이런 뜻 깊은 해를 기념해 일제 강점기 조선 소년운동의 문학사적 기록으로 의미가 있는 『소년 기수』를 공개하는 것이 좋겠다고 생각했다. 오영식 선생의 양해와 후의로 이 작품집을 비로소 세상에 내놓게 되었다. 지면을 빌려 깊이 감사드린다.

2. 『소년 기수』 단행본 구성

새로운 발굴 자료인 『소년 기수』에 대해 알려진 바가 거의
없기에 단행본 구성부터 찬찬히 살펴보려 한다. 이 책은 겉
표지-속표지-광고문-정홍교의 『소년 기수』를 내면서-손
홍명의 헌사-작품-판권지 순서로 구성되어 있다. 단행본 겉
표지 앞면에는 한자로, '少年小說 少年旗手'라고 장르와 작
품명이 적혀 있고, '어린이날 全國準備委員 丁洪教 著'라고

---

3) 우리나라의 첫 어린이날을 1922년과 1923년 중 언제로 보느냐에 따라 2022년
을 어린이날 '100주년'이라 할 수도, 2023년을 어린이날 '100회'라 할 수도 있다.
필자는 1922년 5월 1일 천도교소년회가 선포한 '어린이의 날'을 우리나라의 첫 어
린이날로 본다. 이에 대해서는 염희경, 「어린이날 100년 어린이날 의미와 풍경의 변
천사」, 『월간 민속소식』 2022년 5월호 참조.
방정환은 「조선 소년운동의 역사적 고찰」(〈조선일보〉 1929.5.3.~5.14.)에서 임술
년 봄(1922년-인용자 주) 천도교소년회와 각 신문사와 사회 유지와 동경 유학생
유지 들이 중심이 되어 소년운동의 일반 이해를 철저히 시키고, 또 각지에 이 운동
을 촉진하기 위해 '어린이날'인 5월을 택하고 5월에서도 제1일을 '어린이날'로 정했
다고 했다. 또한 계해년(1923년-인용자 주) 3월 20일 『어린이』를 창간하고 불교
소년회 조선소년군 천도교소년회가 연합해 '조선소년운동협회'를 조직, 일치 협력
해 그해 '제2회째 어린이날'을 개최했다고 밝혔다.
1946년 일제 강점기에 중단되었던 어린이날이 부활하는데, 이때 어린이날의 역사
를 언급한 기사에서도 첫 어린이날을 1922년으로 보고 있다.
"조선 소년 소녀의 어린이에게 민족의식을 주입시키기 위하여 일제 시대의 탄압에
도 굴지 않고 1922년부터 1937년까지 매년 오월을 택하여 전국적인 어린이날 행
사를 해 왔었는데 1938년 즉 지금서 십일 년 전부터 이를 금지시켜 조선 어린이들
로 하여금 조선 고유한 문화 풍속 언어를 억압하여 왔다."(「십일 년 만에 맞는 기쁨
'어린이날'을 부활」, 〈조선일보〉 1946.3.9.)

저자명과 저자의 대표 직함을 밝혔다. '어린이날 전국 준비위원'임을 밝힌 것은 이 작품집이 해방 이후 부활된 어린이날을 기념해 출간했으며, '어린이날'로 대표되는 '어린이 운동'과 '소년 기수'의 상징적 의미를 연관 짓고자 했던 것으로 짐작된다. 겉표지는 꽃문양 장식으로 되어 있는데, 이상범화백이 장정(裝幀)을 꾸몄다.

1 『소년 기수』, 동화출판사, 1947. 속표지

속표지에는 교모를 쓴 소년이 두 손으로 깃대에 단 큰 태극기를 들고 앞장서고 그 뒤를 따라 단발머리 소녀가 손 깃발 형태의 태극기를 들고 함께 나아가는 모습을 그렸다. 태극기 깃발을 들고 나아가는 소년 소녀를 시각화해 '행사 때 대열의 앞에 서서 기를 드는 일을 맡은 사람'이라는 사전적 의미

와 함께 '사회 활동에서 앞장서서 이끄는 사람'을 비유적으로 이르는 '기수(旗手)'라는 의미도 함께 담고 있다.[4] 이때의 '소년'은 소년 소녀를 아우르는 총칭으로, 주인공 '철마'와 같은 특정 개인이 아닌 새 시대를 열어 갈 집단적인 세대를 강조한다고 할 수 있다.

정홍교는 『소년 기수』를 내면서'에서 "삽화를 넣게 해 주신 안석영, 노수현 선생"과 "표지를 그려 주신 이상범 선생"이라고 밝혔다. 〈조선일보〉 연재 당시 삽화를 그린 안석주의 '철마'와 단행본에 삽화를 그린 노수현의 '철마', 그리고 속표지의 소년 모습과 그림 스타일이 전혀 다르기에 속표지는 이상범이 그렸을 것으로 추정된다.

흥미롭게도 〈조선일보〉 연재 당시 삽화를 담당한 안석주는 본문의 삽화 외에 표제인 '소년 기수'의 표지 기능을 하는 그림도 그렸다. 공장으로 보이는 높이 솟은 건물을 뒷배경으로 조선 민족을 상징하는 듯한 흰 저고리 차림의 소년이 한 손에 거대한 깃발을 들고 다른 한 손은 주먹을 불끈 쥐고 있는 선동적 그림이다. 흑백 인쇄라 깃발의 색을 알 수 없지만 짙은 색으로 칠해져 '적기(赤旗)'를 연상케 한다. 안석주는 일찍이 신경향파 문학 단체인 파스큘라에 참가했으며 이후 조선프롤레타리아예술가동맹에서 활동한 화가로, 어린

4) 국립국어원 표준국어대사전 참조

철마가 부조리한 계급 현실을 깨닫게 되는 내용이 작품에 담긴 만큼 깃발에 그런 상징성을 담아냈을 것으로 추정된다.

정홍교가 해방 이후 단행본 출간을 하면서 "그때 그 환경으로 끝을 맺어 놓은 것"이라고 했지만 단행본의 속표지는 1930년대의 상황을 반영하기보다는 태극기를 들고 거리 행진을 했던 1946년에 부활한 어린이날 상황을 시각화했다고 할 수 있다. 앞에서 언급했듯 안석주 그림에서의 깃발이 지닌 계급적 상징성을 해방 이후 어린이날에 그대로 투영하는 데에 부담을 느껴 작품 내용과 시대 상황과는 맞지 않으나 해방 이후 어린이날에 등장한 태극기로 교체한 것으로 보인다.

일제 강점기 어린이날에는 소년회나 각종 단체에서 커다란 깃대에 '조선의 새싹은 어린이'라든가 '모든 힘과 사랑으로 기르자', '새 조선의 일꾼은 어린이'와 같은 표어가 적힌 표어기를 달고[5], 어린이들은 종이기를 들고 기념식 이후 "어린이 만세"를 외치거나 〈어린이날 노래〉를 부르며 거리 행진을 하다가 제제를 받기도 했다(그림 1, 그림 5, 그림 6 참조). 조선소년총연맹에서 1928~1929년에 제작한 어

---

5) 1920년대 후반에서 1930년대 초반까지 어린이날 관련 신문 기사와 사진을 통해 다음과 같은 표어기를 확인할 수 있다. '조선의 새싹은 어린이'(〈동아일보〉 1927.5.5.); '모든 힘과 사랑으로 기르자'(〈조선일보〉 1929.5.6.); '새 호주는 어린이'(〈중외일보〉 1930.5.5.); '새 조선의 일꾼은 어린이'(〈중외일보〉 1930.5.6.); '모든 힘과 사랑을 소년에게'(〈조선일보〉 1930.5.5.).

린이날 포스터는 깃발을 들고 행진하는 소년 소녀의 모습을 시각화했다(그림 3, 그림 4 참조). 선두에 선 소년이 '어린이날'이라고 쓴 큰 깃발을 단 깃대를 두 손으로 들고 행진하고 그 뒤를 따라 소년 소녀가 종이기를 들고 행진하는 모습을 확인할 수 있다.

속표지 뒷면에는 『소년 기수』 광고문이 실렸다. 연재되기 전 〈조선일보〉에 『소년 기수』 광고가 세 번 실렸다.[6] 광고문에서는 "어린이에게 미치는 문학의 힘이 깊고 큼을 알수록 좋은 어린이 문학이 나와야 할 것"임을 밝히며 "이런 뜻에서 '연작 소년소설'을 시험하여 귀여운 어린이에게 선사"하고자 한다고 밝혔다. 또한 이때 '연작소설(連作小說)'이란 "학교에서 운동할 때에 릴레이 경주(繼立競走)하듯이 한 분이 쓰고 나면 그다음 분이 뒤를 받아 쓰고 하는 것"이라고 설명하면서 "소년소설을 쓰는 일은 조선에서는 처음이니만치 쓰시는 분도 매우 어려우나 또 퍽 재미스러운 소설"이 될 것이라는 기대감을 드러내고 있다.

1920년대 중반에서 1930년대 중반까지 우리 문단에서는 '연작소설'이 일종의 유행을 이루며 실험되고 있었다. 첫 연작소설은 최서해, 최승일, 김명순, 이익상, 이경손, 고한승 6인의 작가가 〈매일신보〉의 '일요 부록'으로 총 6회 연재(〈매

6) 〈조선일보〉 1930.10.5.; 〈조선일보〉 1930.10.6.; 〈조선일보〉 1930.10.9.

2   어린이날 기행렬 그림(『어린이』1929년 5월호)

3   1928년 어린이날 포스터(〈조선일보〉1928.5.6.)
4   1929년 어린이날 포스터(〈매일신보〉1929.5.5.)

5   독립기념관 소장 어린이날 기
6   독립기념관 소장 어린이날 기

일신보〉 1926.11.14.~1926.12.19.)한 『홍한녹수』다. 아동문학계에 등장한 첫 연작 소년소설은 방정환이 편집 겸 발행인으로 있던 잡지 『어린이』에서 색동회원인 마해송, 조재호, 고한승, 진장섭, 손진태, 정인섭, 최진순, 정병기가 총 8회 연재한 『오인동무』(『어린이』 1927.3.~1928.9.)다. 『오인동무』도 『소년 기수』처럼 방정환이 마지막 회를 집필해 마무리한다고 예고했지만 미완에 그쳤다.[7]

따라서 『소년 기수』의 광고에서 "소년소설을 쓰는 일은 조선에서는 처음"이라는 말은 오류다. 『어린이』의 『오인동무』를 시작으로 〈조선일보〉의 『소년 기수』가 연작 소년소설로는 두 번째 시도였다. 이후 『신소년』, 『별나라』 등의 아동 잡지에서 연작 소년소설이 시도되었다. 아쉽게도 현재까지 알려진 연작 소년소설은 모두 미완에 그치고 말았다.[8]

『소년 기수』 단행본에는 '작자의 말'[9]을 새롭게 추가한 1930년 10월 9일 자 광고문을 실었다.

예고된 5인의 집필자 중 누구의 생각이 중점적으로 반영된 글인지 알 수 없지만, 5인의 집필자가 '소년 기수'라는 제

---

7) "요다음은 고(高) 선생님 또 그다음은 조(曺) 선생님 차차로 사람이 바뀌어 더욱더욱 재미있게 되어 나가다가 맨 나중에 방(方) 선생님이 끝을 모아 아물러 놓으실 것이니 다달이 딴사람이 이어 나가는 데에 무한한 재미가 있는 것입니다. 아무쪼록 한 사람에게라도 더 광고하여 뒤지지 말고 이달 치부터 읽으라고 권고해 주십시오."(「편집을 마치고」, 『어린이』 1927.3., 64면.)

목으로 작품을 연작할 것을 기획하며 600여 만의 어린 대중의 앞잡이며 인류의 싸움 중 가장 새롭고 정의로운 싸움인 소년운동의 용감한 투사가 되어 갈 주인공의 이야기가 펼쳐질 것을 밝히고 있다. 연작소설은 집필자 사이에 충분한 협의와 구상이 이루어지지 않은 채 작품 연재에 들어간다. 그럼에도 이 취지는 '소년 기수'라는 제목으로 작품을 연작하기로 하면서 5인의 집필자가 공유했던 최소한의 지점이자 기본 방향이라 할 수 있다.

이어 정홍교가 쓴 '『소년 기수』를 내면서'를 실었다. 글 말미에 그는 "단기 4279년 9월 21일 어린이날 전국 준비위원회 회의실에서 정홍교"라고 밝혔다.[10] 정홍교는 이 글에서 1946년 5월 중순 베이핑(北平)에서 귀국하여 1930년 12월에 중단되었던 작품을 이어 쓰면서 "그때 그 환경으로 끝을 맺어" 놓았다고 밝혔다. 이 머리글에는 일제의 탄압에 맞서 소년운동을 하던 때의 각오, 베이징에서 해방을 맞던 때의 감격, 일제 강점기에 소년운동을 함께하던 연작 소년소설의 필자 방정환, 이정호가 일찍이 세상을 떠났고 연성흠마저 광

8) 연작 소년소설에 대해서는 정미란, 「1920~30년대 아동 잡지의 연작소설 연구」, 한국아동청소년문학학회, 『아동청소년문학연구』 15호, 2014.12. 참조. 이 연구는 1920~1930년대 아동 잡지를 대상으로 했기에 신문에 연재되었던 『소년 기수』는 '연작 소년소설' 작품 목록에서 빠져 있다.
9) 본서 17면 참조.

복의 기쁨을 누리지 못한 채 사망한 것을 안타까워하는 심경
11), 어린이들이 새 조선의 건국을 위해 모든 것을 자신의 힘
으로 창조하도록 굳센 조선의 일꾼, 조선의 소년 기수가 되
어 주기를 바라는 강한 기대 등을 담았다.

그다음 면에는 동화출판사의 대표인 발행자 손홍명의 글
이 실렸다. "어린이의 명절인 어린이날을/ 기념하여 이 조그
마한 책을/ 팔백만 우리 어린이 동무들에게/ 조그마한 선물
로 바치나이다"라는 헌사 성격의 글이 시처럼 행갈이 되어 실
렸다. '조그마한 책', '우리 어린이 동무들', '조그마한 선물'

10) 1946년 '어린이날 전국 준비위원회 사무실'은 천도교총부(경운동 88번지)에
있었고, 1947년 어린이날 전국 준비위원회의 사무실은 경운동 96번지였다. 정홍교
가 『소년 기수』의 머리말을 쓰던 1946년 9월 어린이날 전국 준비위원회 사무실은
1947년 어린이날 전국 준비위원회 사무실로 사용했으며 『소년 기수』를 출판한 경
운동 96번지의 '동화출판사'였을 것으로 추정된다. 그런데 1947년 어린이날 전국
준비위원회는 1947년 2월에나 조직되었다는 보도가 나온다.
"어린이날의 기념 행사에 대한 전국 준비위원회를 조직하고 그 연락 사무소를 시내
경운동 96번지 동화출판사에 두기로 결정"(「'어린이날' 기념 행사 준위를 조직」, 〈
경향신문〉 1947.2.11.); "경운동 96번지에 있는 어린이날 전국 준비위원회"(〈조선
일보〉 1947.2.26.)
11) 이재철의 『한국현대아동문학사』(일지사, 1978)나 『한국민족문화대백과사
전』을 보면 연성흠의 생몰년도는 1902~1945이라고 알려져 있다. 1946년 2월
21일 자 〈동아일보〉와 1946년 2월 22일 자 〈조선일보〉의 「연성흠 씨 추도회」 관
련 기사를 보면, 추도회를 2월 23일(금요일)에 갖는다고 했다. 이로써 연성흠은
1945년 2월 23일 사망했을 것으로 추정된다. "동화가로서 어린이의 좋은 동무가
되었던 고 연성흠 씨의 추도회를 23일 하오 한 시부터 하왕십리(下往十里) 안정사
(安靜寺)에서 거행하기로 되었다."(「연성흠 씨의 추도회」, 〈동아일보〉 1946.2.21.;
「연성흠 씨 추도회」, 〈조선일보〉 1946.2.22.)

등의 수사는 '불쌍한 어린 영', '사랑의 첫 선물' 등으로 표현된 『사랑의 선물』의 방정환 서문과 책 이름을 연상케 한다. 『소년 기수』는 문고판 판형(10.5×14.8센티미터)보다 약간 큰 13×16센티미터의 작은 사이즈로, 본문은 118면이다.

손홍명의 헌사 다음에 작품이 실렸다. 연재 당시 1차 집필자 연성흠, 2차 집필자 최청곡, 3차 집필자 이정호, 4차 집필자 정홍교 순서였는데 집필자가 바뀔 때마다 "지금까지는 이미 세상을 떠난 연성흠 선생이 쓰시었고 다음부터 최청곡 선생이 씀"과 같이 다음 필자를 밝히고 있다.

〈조선일보〉 연재 당시 안석주는 38회 연재분에 25점의 삽화를 실었다. 단행본에서는 안석주의 삽화 두 점을 그대로 사용하고[12], 안석주의 삽화를 대체해 노수현이 새로 그린 삽화 두 점, 해방 후 정홍교가 추가 집필한 부분에 그린 노수현의 삽화 한 점, 이렇게 이상범이 그린 표지(겉표지와 속표지) 그림을 제외하고 다섯 점의 삽화를 실었다.

책의 마지막에는 판권지가 실려 있다. '1947년 5월 초판'이라는 문구와 저작자 정홍교, 발행자 손홍명과 주소, 인쇄소 서울인쇄소와 주소, 발행소 동화출판사와 주소가 적혀

---

12) 안석주가 그린 삽화 중 철공장 노동자들이 노동하는 모습, 철마와 명순이 엇갈리는 방향으로 기차를 타고 가는 과정에서 기차가 지나가는 모습의 삽화 두 점을 단행본에서 그대로 사용했다.

있다. 정가는 적혀 있지 않아 현재로서는 알 수 없다.

3. 『소년 기수』 기획의 배경과 의의

한국 근대소설사에서 연작소설, 즉 릴레이소설은 1926~
1936년 약 10년간 집중적으로 창작된 뒤 단절된 문학으로,
신문사와 잡지사의 기획 문예물이었다. 유명세 있는 작가들
을 필진으로 구성해 독자의 관심을 끌려는 저널리즘의 상업
적 목적이 강하게 작용했으며, 다른 집필자들에 의해 이어질
내용에 대한 독자의 호기심이 결합해 한때 유행했다. 그러나
작품의 완성도나 문학성의 미비, 서사적 인과성의 미비 등으
로 연구 대상으로 그리 주목받지 못했다.[13]

　『소년 기수』도 이런 시대적 흐름과 유행에서 〈조선일보〉
의 기획으로 마련된 연작 소년소설이다. 성인 독자를 대상으
로 한 연작소설의 경우 작가의 명성을 위주로 경향성이 상당
히 다른 작가들이 필진으로 구성되어 대중의 호기심을 한층
유발하는 방식으로 진행되었다면, 어린이 독자를 대상으로
한 연작소설은 대체로 『어린이』, 『신소년』, 『별나라』 등의

---

13) 박정희, 「1920~30년대 릴레이 소설의 존재 방식과 그 의미에 대한 연구」, 한국
현대문학회, 『한국현대문학연구』 51, 2017.4.

잡지를 중심으로 이루어졌으며 색동회와 같은 특정 동인이나 경향성이 유사한 작가군들로 필진을 구성해 기획했다.

한편 『소년 기수』는 신문사의 기획으로 추진된 연작 소년소설인 데다 집필자들도 민족주의 계열의 소년운동가와 계급주의 계열의 소년운동가를 함께 구성한 것이 특징적이다. 특히 1926년을 기점으로 소년운동계의 양 진영은 갈등이 상당히 노정되어 1926년, 1927년 어린이날 행사를 따로 치르는 등 분열 양상이 심각했다. 1928~1930년에는 이전의 방정환 중심의 민족주의 소년운동 계열의 주도권이 상대적으로 약화되고 정홍교를 중심으로 조선소년총연맹을 결성해 계급주의 계열의 소년운동이 주도권을 행사하던 때였다.

이런 시대적 배경 속에서 〈조선일보〉는 양 진영을 대표하는 소년운동가이자 아동문학가를 구성해 소년운동과 관련된 내용으로 연작 소년소설을 기획했다. 이는 독자의 호기심과 흥미를 끌기에 충분했을 것이며, 양 진영의 독자를 모두 확보할 수 있는 전략으로 저널리즘의 상업성이 돋보이는 대목이다. 집필자 간에 작품의 인물 구도와 서사 전개, 내용 등이 충분히 조율되기 어려운 '연작'이라는 특수성뿐 아니라 소년운동에 대한 관점과 지향이 상이한 양 진영을 대표하는 인물들이 하나의 완결된 이야기를 빚어낸다는 기획은 그 자체로 상당한 위험을 감수해야만 했던 일이다.

흥미롭게도 〈조선일보〉는 1929년 천도교소년연합회와 조선소년총연맹으로 어린이 운동이 양분되어 있는 상태에서 어린이날을 맞아 5월 5일 자 신문 3면에 양 단체의 입장이 드러나는 선전문과 대표 소년운동가의 글, 그리고 어린이날 포스터를 싣는다. 천도교소년연합회의 「어린이 동무들」이라는 선전문, 조선소년총연맹의 「어린이날-귀여운 어린 동무들에게」와 「삼가 사랑하시는 부형모자(父兄母姉)님에게」라는 두 편의 선전문, 천도교소년연합회를 대표하는 방정환의 「전조선 어린이께」라는 한 편의 글과 조선소년총연맹을 대표하는 정홍교의 「조선 소년의 책임」과 최청곡의 「소년지도자 제현께」, 그리고 홍은성의 「어린이날을 당하여」라는 세 편의 글을 같은 지면에 배치했다.[14] 신문의 3면 전체를 어린이날 관련 기사로 채웠는데 이 시기 어린이 운동의 주도권이 어디에 있는지를 단적으로 알 수 있는 지면 할애였다.

　특히 어린이날 포스터는 왼쪽에는 천도교소년연합회의 포스터를, 오른쪽에는 조선소년총연맹의 포스터를 반쪽씩 붙이는 방식으로 하나의 포스터를 제시했다. 하나로 이어 붙여져 있지만 반쪽씩 차지한 양 단체의 포스터는 분열된 소년운동계의 실상을 그대로 노출하고 있다. 한편, 당시 주도

14) 〈조선일보〉 1929.5.5.

권을 갖던 조선소년총연맹의 필자와 그 단체가 배포한 선전
문과 포스터만으로 지면을 할애하지 않음으로써 나름의 균
형감을 견지하려 한 편집으로 볼 수도 있을 것이다.

〈조선일보〉는 1930년 1월 1일, 조선 제문제의 전개책을
논의하기 위한 원탁회의를 개최하기도 했다. 일반 문제, 경
제문제, 교육·종교 문제, 사회문제, 노동운동, 농민운동, 청
년운동, 소년운동, 민중 보건, 여성문제, 문예운동 등 다양한
문제를 주제로 각계 명사와 실제 운동가 들을 망라해 분과
회의를 진행했다. 이 당시 소년운동 분야는 박팔양의 사회로
방정환과 정홍교가 토론을 했다.[15] 당시 〈조선일보〉 측에
서는 부사장 안재홍을 비롯해 한기악, 장지영, 유광렬, 배성
룡, 염상섭, 안석주, 이선근, 박팔양, 정수일, 김동환, 심대섭
(심훈), 박윤석, 윤성상이 참여했다. 이들 기자진은 민족주
의자와 계급주의자를 아우르는 인물 구성이다. 이처럼 〈조

선일보〉학예부에서 소년운동가로 유명한 아동문학가들을 필진으로 해 연작 소년소설을 기획했다는 것은 분열로 치닫는 소년운동계에 문학 작품으로나마 나름의 소통과 통합을 모색하게끔 하려는 기획 의도가 담겨 있었던 것으로 평가할 수 있다.

〈조선일보〉학예부는 양 진영을 대표하는 소년운동가로 연작 소년소설을 기획하면서도 사상적으로 친연성이 강한 필자들을 연이어 배치하는 대신 교차로 배치했다. 인물의 성격이나 사건 등이 한 방향으로만 진행되지 않도록 나름의 균형을 이룰 견제 장치를 마련한 셈이다. 즉 민족주의 계열과 사회주의 계열 소년운동을 자연스레 오갔던 연성흠을 첫 집필자로 하고 그 뒤를 이어 사회주의 계열의 소년운동가 최청곡, 천도교소년회와 『어린이』를 중심으로 활동했던 민족주의 계열의 소년운동가 이정호, 조선소년총연맹에서 활동했던 계급주의 계열의 소년운동가 정홍교, 마지막으로 천도교소년회와 『어린이』를 중심으로 활동했던 민족주의 계열의 대표적인 소년운동가 방정환으로 집필자 순서를 배치했다. 또 한 작가가 1회분을 집필한 뒤 바로 다른 작가로 교체하지

15) 원탁회의 기사는 〈조선일보〉 1930.1.1.~1930.1.3.에 실렸다. 방정환과 정홍교의 소년운동 관련 좌담에 대해서는 염희경, 「새로 찾은 방정환 자료, 풀어야 할 과제들」, 『아동청소년문학연구』 10호, 한국아동청소년문학학회, 2012.6.; 염희경, 『소파 방정환과 근대 아동문학』, 청동거울, 2014, 414~416면 참조.

않고, 적어도 10회 정도를 연재할 수 있도록 기획했기에 작가들은 자신이 맡은 연재분에서 나름의 짜임새를 갖고 중심 인물과 사건을 상대적이나마 안정적으로 구축할 수 있었다.

한편, 〈조선일보〉 학예부의 기획 취지가 담긴 글이 〈조선일보〉 1930년 10월 5일 자와 10월 6일 자 광고에 실렸다. 성인 독자를 향한 말로, 소년소설이라고 무심히 넘기지 말고 자녀들에게 읽어 주라는 당부와 함께 어른이 어린이 세계에 들어가 보는 것은 자신을 위해서뿐 아니라 어린이 지도에도 이익이 된다는 점을 부각했다. 또한 '연작 소년소설 시험'은 어린이 문학의 한 기준을 세워 보고 종래의 동화에 비해 소년소설이 나가는 길이 어떠한가를 보이고자 하는 기대를 갖고 있다고 강조했다. 단행본에서는 이 내용이 실린 광고문 대신 '작가의 말'이 실린 광고문을 실은 것이다.

4. 작가별 중심 서사와 소년운동가의 관점

1차 집필자인 연성흠은 10회를 연재했다. 첫 집필자로서 소설의 기본 서사를 구성할 인물을 설정하고 갈등 관계와 조력 관계, 서사의 기본 구도를 마련했다. 연성흠은 특히 당시 현실을 반영하려는 태도가 강하며 소년회를 집중적으로 부각하려는 관점을 견지했다. 1930년 9월 13일 자 〈조선일보〉에는 「포병이 포차에 역사(轢死)」라는 기사가 실리는데, 이는 당시 강원도 김화에서 일어난 일이다. 육군 포병 제26 연대에서 포병 300여 명이 추계사격연습을 마치고 김화를 통해 용산으로 돌아가는 길에 주막에서 쉬다가 장작 수레를 끌고 오는 소에 말이 놀라 포병 세 명이 바퀴에 치이는 사건으로, 두 명은 중상을 입고 한 명은 즉사한 것이다.16) 또한 1930년 10월 9일 자 〈조선일보〉에는 「사 일간 육군연습 총수 삼만 명」이라는 기사가 실린다. 전차대, 전신대, 평양 비행 제6 연대 등 3만 명 규모의 군대가 동원되는 '조선 최초의 육군대연습'이 열린다는 소식이다. 『소년 기수』 첫 회는 강원도 김화에서 서울로 올라온 철마가 육군대연습의 혼란스러운 상황에서 전차 사고를 당하는 것으로 이야기를 시작한다. 소설 속 이야기가 현실에서의 사건이나 시간과 큰 차이를 두지 않고 일어남으로써 독자는 마치 현실의 이야기를 듣는 듯 실감하며 흥미를 느끼게 된다.

연성흠은 고학생을 위한 야간 학교인 '배영학원'을 설립해 무상 교육에 힘썼고 소년회관을 짓고 소년단체 '명진소년회'를 조직하기도 했던 열성적인 소년운동가다. 철마가 고향에서 유신소년회를 조직해 활동했다거나 학교로부터 소

16) 「포병이 포차에 역사(轢死)」, 〈조선일보〉 1930.9.13.

넌회 탈퇴 협박을 받는다거나 서울에 도착해 연건동의 ○○ 소년회를 찾아간다거나[17], 형을 찾기 위해 서울에 머무는 동안 소년회원들이 물심양면으로 도움을 준다는 것도 작가 자신의 소년회 경험을 토대로 어린 소년들에게 살아갈 용기와 희망, 연대의 정신을 심어 주고자 했던 소년운동의 지향을 담고 있다. 지주와 소작인의 계급적 갈등이 철마네 가정을 불행으로 이끄는 근본 원인으로 작용하면서 형 노마가 "조선을 위하여 온 세상을 위하여"[18] 서울을 거쳐 두만강을 건너 북쪽 나라로 가겠다며 집을 떠나는 것으로 설정하면서, 삼 남매가 향후 어떤 행보를 보일지에 대해서는 연작소설의 집필 작가들에게 과제로 남겼다. 연성흠은 10회에서 다음을 이어 쓸 최청곡의 관심사를 고려한 듯 철마가 철공장 견습 직공으로 들어가 서울살이를 경험하도록 이야기를 마무리했다.

17) 연성흠은 1924년경 연건동에 실제 거주했는데, 2회분에서 철마가 파출소에 가서 순사에게 종이에 적힌 주소를 보여 주며 길을 묻자 순사가 "응, 연건동이구먼!"이라고 하는 대목이 나온다. 연성흠은 이 부분에서 '연건동'임을 밝혔는데 이후에는 '○○동 ○○소년회'로 표현했다. 정홍교는 단행본에서 이 부분을 '연건동 조선소년회'라고 채워 넣었다.
18) 〈조선일보〉 연재 당시 연성흠은 형 노마가 집을 떠난 이유를 "조선을 위하여 온 세상을 위하여"라고 밝혔다. 단행본으로 출간하면서 정홍교는 이 부분을 "조선 사람을 위한 일"로 고쳤다. 정홍교의 이런 수정으로 노마의 큰일이 '민족운동'과 더 직결되는 듯한 뉘앙스를 띠게 된다.

2차 집필자 최청곡은 11회부터 17회까지를 집필했는데, 철마를 초점화하여 철공장에서의 견습공 생활을 주로 다루었다. 철마는 철공장에서 일하는 노인과 어린이 노동자의 모습을 보면서 예수교 전도 부인의 설교에서 들었던 지옥과 다르지 않은 광경이라 느낀다. 이 부분에서 작가는 열악한 노동 현장의 모습과 감독의 학대를 고발하는 계급적 태도를 부각했다. 최청곡이 이후 번역한 독일 사회주의 동화 작가 뮐렌(Hermynia Zur Mühlen)의 『어린 페터』에 나오는 대목을 연상케 하는 서술이 있다거나 투르게네프의 산문시 「거지」를 연상케 하는 대목, 도둑 누명을 쓰고 여비도 없이 집으로 돌아가는 효남이를 위해 야학 선생과 야학생들이 십시일반 돈을 모아 주는 방정환의 『금시계』가 떠오르는 대목 등 유사 이야기가 작품 안에 끼어 들어와 있다는 점이 2차 집필에서의 두드러진 특징이다. 다른 집필자들의 작품과 달리 상호 텍스트성의 관점에서 눈여겨볼 대목이 많다.

　고향 김화에서 학교장이 철마에게 소년회를 다니지 못하도록 협박했던 것처럼 최청곡은 철공장의 감독도 그에게 소년회를 다니지 못하게 한다는 내용을 싣는다. 이런 대목은 소년회가 어린이들의 주체성과 민족의식, 계급의식을 일깨워 주는 조직으로 영향을 끼쳤던 당시의 현실을 드러낸다. 노인 노동자와 소년공 길남이를 통해 철마는 어느 공장이나 노동자들의 인권을 유린하고 학대하며 노동 착취를 일삼고 있다는 사실을 듣게 된다. 그리고 농촌의 소작 생활과 공장의 노동자 생활이 별반 다르지 않다는 현실을 깨달으면서 무엇이 소작인과 노동자를 구해 줄 것인지 의문을 품는다. 이처럼 최청곡은 자신의 집필 부분에서 당대의 계급적 모순을 집중적으로 조명하고자 했다. 이 때문에 애초에 형 노마를 찾아 서울로 올라온 목적을 이루기 위한 철마의 노력이 제대로 그려지지 못한 채 고향 집으로 돌아가는 것으로 이야기가 전개된다.

연성흠은 10회분을 집필했는데, 최청곡은 7회분만을 집필했다. 이정호는 마치 최청곡이 채우지 못한 3회분을 더 추가해 집필한 것처럼 13회분을 썼다.[19] 2차 집필에서 철마가 고향집으로 돌아가는 것으로 이야기를 마무리했기에 3차 집필자 이정호는 이후 이야기를 철마의 귀향 과정으로 풀어가야 하는 과제를 안게 되었다. 그런데 이정호는 연성흠과 최청곡이 이야기를 전개하는 과정에서 한편으로 밀쳐 두었던 누이 명순을 초점화하여 이야기를 풀어 나간다. 연성흠의 1차 집필에서 명순은 병환에 시달리는 부모를 봉양하고 오빠와 동생을 돌보는 등 농촌 사회에서 집안 살림을 도맡

---

19) 〈조선일보〉 학예부의 연작소설 기획 단계에서 5인의 작가들에게 대략 10회 안팎의 이야기를 써 달라고 원고 청탁을 했을 것으로 보인다.

아 하며 가족을 돌보는 그 또래 십 대 후반 여자들의 전형적인 모습을 보여 주었다. 오빠의 가출 이후 명순은 일본 유학을 갔다가 주의자, 운동자가 되어 돌아와 순검의 감시를 받는다는 김승지 아들의 이야기를 떠올리며 오빠의 '큰일'을 그것과 연결 지어 생각하며 걱정한다. 즉 명순은 오빠의 편지에서 "조선을 위하여 또는 우리뿐 아니라 온 세상의 모든 사람을 위하여" 떠난다고 했던 것과 김승지 아들의 "온 세상 사람들이 한집안같이 한 형제같이 지내면서 누구나 똑같이 잘 살게 하려는 일"이 서로 다르지 않을 거라는 의심과 걱정을 한다.

이정호는 이 대목에서 독자로 하여금 오빠가 품은 큰 뜻을 사회주의 운동과 연관 지어 생각해 보게끔 서술했다. 천도교 소년회 활동가이자 민족주의 계열의 소년운동가인 이정호가 사회주의 운동에 대해 친연성을 보이는 대목이다. 이정호는 에드몬도 데 아미치스(Edmondo De Amicis)의 『쿠오레(Cuore)』를 『사랑의 학교』(이문당, 1929)로 번역 출간하면서 방정환, 조재호, 연성흠과 자신의 서문을 실었는데, 연성흠이 "어린 사람을 중심으로 가정과 학교의 관계-학생과 선생의 애정과 동정-사회와 학교에 대한 관계는 물론 애국 사상과 희생정신"을 강조했던 것에 덧붙여 "모든 계급에 대한 관계"까지도 담고 있다는 점을 강조했다. 방정환과 마찬가지로 이정호도 민족주의 계열을 대표하는 소년운동가로 활동했지만 사회의 계급 모순에 대한 문제를 등한시한 편협한 민족주의자는 아니었음을 알 수 있다.

다른 집필자들과 견줄 때 이정호는 명순에게 초점을 맞추어 서사를 전개함으로써 내면에서 일어나는 복합적인 감정들을 서술하는 데 힘을 기울였고 문장에서도 '슬픈 생각, 눈물' 등의 어휘가 자주 등장한다. 또한 앞의 두 집필자가 소년회나 공장에서 벌어지는 일에 주목했다면 이정호는 명순을 둘러싼 혈연과 지역에서의 관계 문제에 주목했다.

이정호는 글방 선생의 말을 빌려 "지금의 조선 사람은 모험과 희생을 다하여 가면서 잘살 도리를 만들기 위해 애쓰는 것"이라고 하며 혼자만의 힘으로도 나아갈 길을 찾아야 한다는 깨달음을 얻도록 자극한다. 집안 살림과 가족을 돌보는 일에만 갇혀 있던 명순이 좀 더 넓은 세상을 향해 나아갈 수 있는 성장의 계기를 제공하는 것이다. 그럼에도 철마나 노마의 인식 변화와 성장이 계급적 적대자와의 갈등과 같은 계급이나 계층 사람들과의 연대와 협력 등의 직접적인 경험에서 비롯된 것과 달리 명순의 인식 변화는 친척 관계의 갈등에서 빚어지며 아버지의 대리자 역할을 하는 글방 선생님의 일방적인 발언을 통해 자극받고 있다는 점에 큰 차이가 있다. 철마와 명순을 둘러싼 조력자들에도 큰 차이가 있는데,

철마에게는 소년회라는 조직과 친구들, 공장이라는 일터와 공장 노동자들이 있다면, 명순에게는 고향의 글방 선생 내외라는 이웃이 곁을 지켜 주고 있다는 점도 주목할 만하다.

그러다 연재 후반부에서는 고향으로 돌아오는 철마로 초점을 이동해 서술했다. 명순과 철마가 탄 기차가 같은 시간대 북행과 남행이 교차하는 연천역에서 서로 겹쳤다가 반대 방향을 향해 멀어지는 대목은 영화의 한 장면처럼 남매가 만나지 못하고 헤어지는 데 대한 안타까운 심정을 자아내게 한다. 그들의 악착한 운명의 장난이 이후 어떻게 펼쳐질지 독자의 호기심을 유발하면서 4차 집필자에게 바통을 넘겨준 셈이다. 또한 이정호는 글방 선생의 서울 친구분이 이사를 간 것으로 설정해 명순을 절망적 상황에 내몬 채 집필을 마무리함으로써 4차 집필자에게 새로운 과제를 부여했다.

4차 집필자 정홍교 앞에는 서울에 도착해 오갈 곳 없는 절망스러운 상황과 맞닥뜨린 명순과 고향에 돌아간 철마라고 하는 두 갈래의 서사가 놓이게 되었다. 정홍교는 명순이 막막한 현실에서 오빠에 대한 원망과 응원이란 이중 감정을 갖는 모습을 보여 주면서 도움을 요청할 유일한 사람으로 기차에서 만난 부인을 찾아가는 것으로 간단히 처리한 뒤, 다시 철마의 이야기에 집중한다. 먼저 서울 생활 한 달 동안 모습도 생각도 많이 변한 철마를 드러내기 위해 '알록달록 캡을 쓰고 푸르스름한 노동복에 검정 운동화 차림'의 철마를 소개한다. 농촌의 어린 소년에서 도시 소년공의 모습으로 외양을 달리 표현한 부분이 눈길을 끈다.

이런 모습은 〈조선일보〉 연재 당시 안석주의 삽화에서도 두드러지게 드러난다. 최청곡이 집필한 부분에서 한 달여 간 서울의 공장 생활을 통해 철마의 생각과 모습이 변해 가는 것을 그 외모와 복장의 변화로도 드러내고 있다. 셔츠 차림에 조타모(鳥打帽)[20]를 쓴 소년공 길남이와 저고리를 입은 철마의 모습이 대조되다가 고향 집으로 돌아가는 철마는 소년공 길남처럼 조타모와 셔츠를 입은 모습으로 그려졌다. 삽화가 보여 주는 이런 이미지는 외모뿐 아니라 철마의 의식이 변화하고 있음을 시각화한 것이다.

정홍교도 최청곡처럼 특정 에피소드를 통해 계급의식에 눈뜨는 철마의 모습을 드러낸다. 집으로 돌아가는 기차에서 철마는 금강산에 놀러 가는 사람 중 배불뚝이와 어딘가 살러 갔다가 다시금 고향으로 돌아가는 듯한 가난한 가족의 곤궁한 참경을 대조적으로 바라보면서 같은 사람으로서 왜 우리만 구차할까 하는 생각을 품고 분노의 감정을 느낀다.

정홍교가 집필한 4차 연재분에서 철마의 주된 공간은 고향의 친구 집으로, 이곳은 소년회원들의 공간이다. 그곳에

20) 작은 챙이 있는 둥글납작한 모양의 헌팅캡

서 철마는 소년회원들과 어우러져 서울에서 겪은 여러 일을 이야기하고 학교와 주재소의 탄압을 받더라도 서울의 큰 소년단체와 자주 편지하며 지도를 받으라고 하면서 "돈 없고 땅 없는 불쌍한 동무들끼리 모여서 마음으로 한 뭉치가 되자"며 소년회 조직을 지키고 발전시킬 것을 당부한다. 특히 소년회에 다니는 소년들의 부모들까지 주재소에 불려 갔다고 서술하는데 이 부분이 일제 당국의 검열로 연재를 중단하게 한 결정적 요인이었을 것으로 추정된다.

해방 이후 정홍교는 단행본 출판에서 38회의 내용을 삭제하고 다시 썼다. 철마는 고향을 떠나면서 친구들에게 "조선소년의 앞길을 인도하는 소년의 기수가 되자. 우리는 조선의 새로운 새싹이 되도록 결심하자"고 당부한다. 서울에 도착한 철마는 소년회의 도움으로 새 일자리를 잡고 지내던 겨울에 형 노마의 사건을 호외로 접한다. 소년회의 남 선생은 "새로운 세기의 창조는 노년에게 있지 않고 우리에게 있습니다. (중략) 희망은 지금에 자라나는 여러분, 조선의 새싹, 위대한 창조력을 가진 굳센 사람"이라는 얘기를 하며 "우리의 앞날을 부탁할 조선의 어린 동무를 위하여 하는 일, 이 어둠 속에서 벗어나 광명으로 조선을 인도하는 것이 여러분의 책임"이라는 일장 연설에 가까운 이야기를 설파한다.

철마는 형 노마가 송치되는 날 경찰서 앞에서 그동안 헤어

져 소식조차 알 수 없었던 누이 명순을 만난다. 그 뒤 시간이
흘러 이듬해 오월 첫째 일요일, 조선소년총연맹의 깃발 아래
어린이날 기념식을 갖는 장면을 그려 낸다. 어린이날 기념식
에서 대표는 연설 도중 중지를 당하고, 철마가 높이 든 어린
이날의 커다란 대표기를 선두로 어린이날 노래를 부르며 어
린이들이 시가행진을 하는 것으로 작품은 마무리된다.

　해방 이후 정홍교가 새롭게 이어 쓴 부분에서 소년회의 남
선생이 주장하는 것들은 실제로 정홍교가 몸담았던 조선소
년총연맹이라든가 계급주의 소년운동가들이 주창하던 내용
들이라고 보기는 어렵다. 오히려 방정환을 중심으로 초장기
소년운동을 주도했던 민족주의 계열의 소년운동가들이 주
장해 왔던 논의들에 가깝다. 작품을 마무리하며 그는 어린이
날 행진 때 불렸던 〈어린이날 노래〉를 삽입했다. 〈어린이날
노래〉는 1925년 어린이날을 맞아 서양의 야구가 곡에 방정
환이 노랫말을 지은 〈어린이날 노래〉를 첫 시작으로, 이를 계
승하면서 1928년 조선소년총연맹이 특정 부분의 단어와 후
렴구의 가사 일부를 고쳐 1928~1929년 어린이날 즈음에 신
문을 통해 〈어린이날 노래〉를 공개했다. 그런데 단행본에 실
린 어린이날 노래는 조선소년총연맹의 〈어린이날 노래〉가
아니라 1931년부터 어린이날 행사를 주최하던 전조선어린
날중앙연합회의 〈어린이날 노래〉다. 실증 차원에서 맞지 않

는 것으로, 정홍교가 기억의 오류를 일으키고 있는 부분이다.

　이런 기억의 오류를 중요하게 논의해야 하는 것은 민족주의 계열의 소년운동과 계급주의 계열의 소년운동이 오랜 분열을 딛고 통합을 모색하는 가운데 5인의 소년운동가들에 의한 연작 소년소설이 기획된 것일 텐데 1930년대 말, 1931년 소년운동의 상황을 제대로 반영하지 못하고 정홍교가 자신이 주도권을 행사하며 활동했던 조선소년총연맹을 중심적으로 그려 내고자 했다는 점이다. 그러는 한편 정홍교는 단행본에서 계급주의 소년운동의 색채가 강했던 소년회의 주장 대신 남 선생을 통해 소년운동의 일반론적 논의들을 펼친다. 단순한 기억의 오류를 넘어 일제 강점기 소년운동의 역사를 다른 방식으로 기억하고 기록하고자 한 욕망이 개입되었던 것은 아닌지 의문을 품게 한다.

　또 다른 실증의 오류로 1930년대 초반 소년 소녀의 숫자는 대략 『소년 기수』 예고 광고에서 "육백여 만 어린 대중"이라 했던 그 숫자였는데, 해방 이후 다시 이어 쓰기를 하면서 "그때 그 환경으로 끝을 맺"는다고 했지만 "팔백만 조선 소년 소녀의 힘찬 만세 소리"로 마무리를 지으면서 시대적 상황에 대한 혼란을 일으키고 있다.[21] 속표지의 태극기를 든 소년 소녀의 그림과 함께 마치 1946년 이후 어린이날 상황으로 오해될 소지가 발생한 것이다.

5. 『소년 기수』에 대한 아동문학사적, 소년운동사적 재평가를 기대하며

2022년 어린이날 100주년, 2023년 어린이 해방 선언 100주년을 맞아 『소년 기수』를 세상에 내놓으며 그동안 묻혀 있던 한국아동문학사와 소년운동사를 구성하는 기억과 기록을 들여다볼 수 있는 중요한 계기가 마련되었다고 생각한다. 아동문학사의 관점에서나 소년운동사의 관점에서나 『소년 기수』는 중요하게 검토되어야 할 작품집이다. 단행본 출간 이후 김홍수는 『소년 기수』 신간평에서 "이 작품집이 순수 예술 작품으로서의 가치와 의의는 적을지 모르나 예술 자체가 정치와 분리할 수 없다 하면 이 작품집이야말로 조선 소년운동의 산 기록이요 고난과 박해에 생명으로 항쟁한 조선 소년운동의 족적"[22]이라 평가한 바 있다.

방정환은 근대 '어린이의 발견'이 다른 어떤 발견보다도 더 위대하고 중요한 발견임을 강조하면서, '기미년 새벽' '민족의 소생, 갱생'을 도모하는 과정에서 어린이의 발견이 중

---

21) 〈조선일보〉 1937년 3월 9일 자에서는 "칠백만 조선 소년소녀"라 지칭한다. 이후 〈조선일보〉 1946년 3월 9일 자와 5월 6일 자에서는 "팔백만 소년소녀", "팔백만 어린이의 명절"이라고 지칭한다. 단행본 『소년 기수』 결말에서 언급한 '팔백만'은 1946년 이후 상황이라 할 수 있다.
22) 김홍수, 「신간평」, 〈경향신문〉 1947.6.26.

요했으며, 민족의 갱생을 도모하는 전체 운동 중에서도 어린이 운동은 '근본 운동'임을 명확히 밝힌 바 있다.[23]

『소년 기수』는 바로 민족의 갱생을 도모하는 전체 민족운동 중에서도 근본 운동인 어린이 운동(소년운동)을 기록하고자 한 것이었다. 특히 서로 다른 사상과 조직을 기반으로 소년운동을 펼쳤던 5인의 소년운동가이자 아동문학가들이 연작 소년소설이라는 새로운 실험으로 당대 어린이들 앞에 놓인 삶의 이야기를 통해 각자가, 또는 자신이 몸담았던 조직이 꿈꾸던 어린이 해방의 미래를 야심 차게 그려 내 보이려 한 작품이다.

문학적 완성도에서 미비한 점이 노출되는 한계가 존재하지만, 일제 강점기 검열로 중단되어 미완에 그쳤던 작품을 해방 이후 새롭게 다시 써 완성한 『소년 기수』는, 일제 강점기 소년운동의 면모를 문학화한 작품으로 상업성과 대중성이 강했던 연작소설 장르에서도 운동성이 부각된 독특한 위치에 있는 작품이다. 연작 소년소설 『소년 기수』의 5차 집필자였던 방정환이 요절하지 않았더라면 해방의 기쁨을 느끼며 일제 강점기 조선 소년운동의 산증인으로서 조선 소년운

23) 방정환, 「조선 소년운동의 사적 고찰」, 〈조선일보〉 1929.1.4.; 염희경, 「어린이날 100주년, 어린이 운동의 근본을 되새기는 방정환의 새 자료」, 한국아동청소년문학학회, 『아동청소년문학연구』 30호, 2022.6.

동의 역사를 문학적으로 완성해 내지 않았을까 하는 벅찬 상상을 해 본다.

『소년 기수』의 발굴과 재출간으로 한국아동문학사와 소년운동사의 큰 빈자리가 제대로 메꿔지기를 바란다. 일제 강점기를 살아 낸 수많은 어린이와 그 어린이들을 조직하며 해방을 꿈꾸었던 많은 소년운동가의 잊힌 역사를 문학의 자리에서 기억하고 복원해 내는 단초가 마련되기를 기대한다.

한국근대대중문학총서 기획편집위원   책임편집 및 해설

김동식(인하대 교수)   염희경(한국방정환재단 연구부장)
문한별(선문대 교수)
박진영(성균관대 교수)
함태영(한국근대문학관 운영팀장)

한국근대대중문학총서 틈 07

소년 기수

제1판 1쇄   2022년 11월 30일

지은이   정홍교 외
발행인   홍성택
기획   인천문화재단 한국근대문학관
편집   눈씨
디자인   박선주
마케팅   김영란
인쇄제작   새한문화사

㈜홍시커뮤니케이션
서울시 강남구 선릉로103길 14
T. 82-2-6916-4403   F. 82-2-6916-4478
editor@hongdesign.com   hongc.kr

ISBN   979-11-86198-78-0   03810

* 책 가격은 뒤표지에 있습니다.
* 파본은 구입하신 서점에서 교환해 드립니다.